三　聯　文　庫

三 聯 文 庫

唐詩三百首

蘅塘退士　編選

人民文學出版社編輯部　注釋

三聯書店（香港）有限公司

責任編輯　李昕
裝幀設計　曉鴻

三　　聯　　文　　庫　　42

書　　名	唐詩三百首
編　　選	蘅塘退士
注　　釋	人民文學出版社編輯部
出　　版	三聯書店 (香港) 有限公司
	香港北角英皇道499號北角工業大廈20樓
	JOINT PUBLISHING (H.K.) CO., LTD.
	20/F., North Point Industrial Building,
	499 King's Road, North Point, Hong Kong
香港發行	香港聯合書刊物流有限公司
	香港新界大埔汀麗路36號3字樓
印　　刷	陽光印刷製本廠
	香港柴灣安業街3號6字樓
版　　次	2000年7月香港第一版第一次印刷
	2013年6月香港第一版第九次印刷
規　　格	特32開 (103×165 mm) 328面
國際書號	ISBN 978 - 962 - 04 - 1825 - 9

©2000　Joint Publishing (H.K.) Co., Ltd.
Published & Printed in Hong Kong

本書原由人民文學出版社以書名《唐詩三百首簡注》出版，
經由原出版者授權本公司在除中國大陸以外地區出版發行中文繁體字本。

出版説明

　　唐代詩壇羣星燦爛、百花齊放，呈現出空前繁榮的景象，無論是内容的豐富、題材的多樣，還是體制的完備、技巧的成熟，唐詩都超越前代而成爲中國古典詩歌史上的一座舉世聞名的豐碑。唐詩不僅是祖國文化遺產中的珍品，同時也是世界文學寶庫中獨具異彩的瑰寶，千百年來，它以巨大的藝術魅力，吸引着一代又一代讀者，至今仍能給人們以美的享受、思想的啓迪和藝術的借鑒。

　　唐代是詩歌創作的極盛時期，僅清康熙時編纂的《全唐詩》便收錄了二千二百餘位詩人的作品近五萬首。因爲數量太多，不易普及，所以唐詩選本在唐代即已開始出現，唐以後更有多種選本流行，而其中篇幅較爲適中、選詩較爲精當、在舊選本中傳播最廣的是清代孫洙（別號蘅塘退士）編選的《唐詩三百首》，因爲這個選本入選的大多爲膾炙人口的名篇，故有“風行海内，幾至家置一編”的美譽。

　　《唐詩三百首》成書以後，一向有多種注釋本流行，這些注本各有特色，對讀者閱讀和欣賞唐詩均極有幫助。本書特點是盡量避免越注越詳、越釋越繁的趨向，着重注釋字詞難點，不作繁瑣申講；典故只説明含意，不作長篇徵引。這樣做使一般讀者在掃除了最基本的閱讀障礙後，有更廣闊的空間來欣賞和領略原作的魅力。這就是我們編寫這本“簡注”的緣起和目的，希望它能得到廣大讀者的喜歡。

編者

2000 年 6 月

1

蘅塘退士原序

　　世俗兒童就學，即授《千家詩》，取其易於成誦，故流傳不廢。但其詩隨手掇拾，工拙莫辨，且止五七律絕二體，而唐、宋人又雜出其間，殊乖體制。因專就唐詩中膾炙人口之作，擇其尤要者，每體得數十首，共三百餘首，錄成一編，為家塾課本，俾童而習之，白首亦莫能廢，較《千家詩》不遠勝耶？諺云："熟讀唐詩三百首，不會吟詩也會吟。"請以是編驗之。

目　　録

卷一　　五言古詩

張九齡

李　白

杜　甫

王　維

孟浩然

樂府

3

卷三　七言古詩

卷四　五言律詩

卷五　七言律詩

卷六　五言絕句

卷一 五言古詩

張 九 齡

張九齡（678—740），字子壽，韶州曲江（今廣東韶關）人。唐中宗景龍初中進士，玄宗朝應“道侔伊呂科”，策試高第，位至宰相。在位直言敢諫，舉賢任能，爲一代名相。曾預言安祿山狼子野心，宜早誅滅，未被採納。他守正不阿，爲奸臣李林甫所害，被貶爲荆州長史。開元末年，告假南歸，卒於曲江私第。他七歲能文，終以詩名。其詩由雅淡清麗，轉趨樸素遒勁，運用比興，寄託諷喻，對初唐詩風的轉變，起了推動的作用。

感 遇[1]（二首）

蘭葉春葳蕤，桂華秋皎潔。[2]
欣欣此生意，自爾爲佳節。[3]
誰知林棲者，聞風坐相悅。[4]
草木有本心，何求美人折。[5]

【注釋】

1　感遇：對生活中的某些事物有所感觸。

2　蘭：指屬菊科的蘭草或澤蘭。葳蕤：枝葉紛披的樣子。桂華：即桂花。

3　自爾：因此，以此。

4　聞風：從風中聞到蘭、桂的芬芳香氣。坐：殊，極。程度副詞。

5　本心：草木的根榦心蕊，借喻本性和本願。折：採摘。

其　二

江南有丹橘，經冬猶綠林。

豈伊地氣暖，自有歲寒心。[1]

可以薦嘉客，[2] 奈何阻重深。

運命唯所遇，循環不可尋。

徒言樹桃李，[3] 此木豈無陰。

【注釋】

1　豈：難道。反詰詞。歲寒心：耐寒的品性。

2　薦：貢獻，陳獻。

3　樹：動詞，種植。

李　白

　　李白（701—762），字太白，自稱與李唐皇室同宗，祖籍隴西成紀（今甘肅天水）。少居蜀中，讀書學道。二十五歲出川遠遊，酒隱安陸，客居魯郡。這期間曾西入長安，求取功名，卻失意東歸；至天寶初，以玉眞公主之薦，奉詔入京，供奉翰林。不久便被讒出京，漫遊各地。安史亂起，爲了平叛，入永王李璘軍幕；及永王爲肅宗所殺，因受牽連，身陷囹圄，長流夜郎。遇赦東歸，往依族叔當塗（今屬安徽）令李陽冰，不久病逝。他以詩名於當世，爲時人所激賞，謂其詩可以“泣鬼神”。他以富於浪漫主義的詩歌反映現實，描寫山川，抒發壯志，吟咏豪情，因而成爲光照古今的偉大詩人。

下終南山過斛斯山人宿置酒[1]

暮從碧山下，山月隨人歸。
卻顧所來徑，蒼蒼橫翠微。[2]
相攜及田家，童稚開荊扉。[3]
綠竹入幽徑，青蘿拂行衣。[4]
歡言得所憩，美酒聊共揮。[5]
長歌吟松風，曲盡河星稀。[6]
我醉君復樂，陶然共忘機。[7]

　　1　終南山：一稱南山，在今西安市南。過：拜訪。斛斯山人：複姓斛斯的一位隱士。山人，指隱士。

　　2　卻顧：回頭望。翠微：輕淡青蔥的山色。

　　3　相攜：手拉着手。此猶言相伴。及：到達。田家：指斛斯山人家。荊扉：柴門。

　　4　青蘿：即女蘿，地衣類植物。行衣：行人的衣服。

　　5　憩：休息。揮：此處爲盡情飲酒之意。

　　6　松風：樂府琴曲有《風入松》。河星稀：銀河中星辰稀少，說明夜將盡。

　　7　忘機：忘卻世俗的機巧。與世無爭。

月下獨酌

> 花間一壺酒，　獨酌無相親。
>
> 舉杯邀明月，　對影成三人。
>
> 月既不解飲，　影徒隨我身。
>
> 暫伴月將影，[1]　行樂須及春。
>
> 我歌月徘徊，　我舞影零亂。
>
> 醒時同交歡，　醉後各分散。
>
> 永結無情遊，　相期邈雲漢。[2]

【注釋】

　　1　將：與，和。

　　2　相期：互相約會。邈：遙遠。雲漢：銀河。

春 思

燕草如碧絲，秦桑低綠枝。[1]

當君懷歸日，是妾斷腸時。[2]

春風不相識，何事入羅帷？[3]

【注釋】

1　燕：指古燕地，即今河北、遼寧一帶。秦：指古秦地，即今陝西關中一帶。

2　妾：舊時女子對自己的謙稱。

3　羅帷：絲織的帳幕。

杜 甫

　　杜甫（712—770），字子美，祖籍襄陽（今湖北襄樊），出生於鞏縣（今屬河南）。早年南遊吳越，北遊齊趙，裘馬清狂而科場失利，未能考中進士。後入長安，困頓十年，以獻三大禮賦，始博得看管兵器的小官。安史亂起，爲叛軍所俘，脫險後赴靈武，麻鞋見天子，被任爲左拾遺，又貶爲華州司功參軍。後棄官西行，客秦州，寓同谷，入蜀定居成都浣花草堂。嚴武鎮蜀，薦授檢校工部員外郎。次年嚴武死，即移居夔州。後攜家出峽，漂泊鄂湘，死於舟中。詩人迭經盛衰離亂，飽受艱難困苦，寫出了許多反映現實憂國憂民的詩篇，被稱爲“詩史”；他集詩歌藝術之大成，是繼往開來的偉大現實主義詩人。

望　嶽[1]

岱宗夫如何？齊魯青未了。[2]
造化鍾神秀，[3]陰陽割昏曉。
蕩胸生層雲，決眥入歸鳥。[4]
會當凌絕頂，[5]一覽衆山小。

【注釋】
　　1　嶽：指泰山。在今山東泰安。

6

2 岱宗：即泰山。古代尊爲五嶽之首，故稱。齊魯：
春秋國名。齊在泰山北，魯在泰山南。

3 造化：大自然。鍾：集中。

4 決眦：張大眼眶。

5 會當：終當。含有一定將的意思。凌：登上。

贈衛八處士[1]

人生不相見，動如參與商。[2]

今夕復何夕，共此燈燭光。

少壯能幾時，鬢髮各已蒼。[3]

訪舊半爲鬼，驚呼熱中腸。[4]

焉知二十載，重上君子堂。[5]

昔別君未婚，兒女忽成行。

怡然敬父執，[6] 問我來何方。

問答未及已，驅兒羅酒漿。

夜雨剪春韭，新炊間黃粱。[7]

主稱會面難，一舉累十觴。[8]

十觴亦不醉，感子故意長。[9]

明日隔山嶽，世事兩茫茫。

【注釋】

1 衛八：名不詳。八是其在兄弟中的排行。處士：隱者。

2 動：往往。參與商：二星名，東西相對，此出彼沒。

7

3　蒼：鬢髮斑白。

4　訪舊：打聽故舊親友的消息。熱中腸：心中火辣辣的，形容情緒極為激動。

5　君子：指衛八處士。

6　怡然：和悅的樣子。父執：父親的好友。

7　間：夾雜。黃粱：粟米名，即黃小米。

8　累：接連。觴：酒杯。

9　故意：老友念舊的情意。

佳　人

絕代有佳人，幽居在空谷。[1]

自雲良家子，[2] 零落依草木。

關中昔喪亂，[3] 兄弟遭殺戮。

官高何足論，不得收骨肉。[4]

世情惡衰歇，萬事隨轉燭。[5]

夫婿輕薄兒，[6] 新人美如玉。

合昏尚知時，[7] 鴛鴦不獨宿。

但見新人笑，那聞舊人哭。

在山泉水清，出山泉水濁。

侍婢賣珠回，牽蘿補茅屋。[8]

摘花不插髮，採柏動盈掬。[9]

天寒翠袖薄，日暮倚修竹。[10]

【注釋】

1 幽居：幽靜的居處。
2 良家子：清白人家的子女。
3 關中：今陝西潼關以西。
4 收：收殮。
5 轉燭：燭光隨風搖動，喻世態反復無常。
6 輕薄兒：輕浮放蕩的青年。
7 合昏：即夜合花，朝開夜合。
8 蘿：女蘿，地衣類植物。
9 掬：兩手捧東西為掬。
10 修竹：修長的竹子。

夢李白 (二首)

死別已吞聲，生別常惻惻。[1]
江南瘴癘地，逐客無消息。[2]
故人入我夢，明我長相憶。
恐非平生魂，路遠不可測。
魂來楓林青，魂返關塞黑。[3]
君今在羅網，何以有羽翼？
落月滿屋樑，猶疑照顏色。[4]
水深波浪闊，無使蛟龍得。

【注釋】

1 吞聲：失聲痛哭。惻惻：傷痛。
2 江南：泛指長江以南地區。瘴癘：南方濕熱地區流

行的惡性疾病。逐客：貶謫流放遠地的人。時李白因事流放
夜郎。

    3　楓林青：指李白流放的江南地區，其地多楓林。典
出楚辭《招魂》。關塞黑：指秦隴關塞。時杜甫在秦州。

    4　顏色：指夢中所見李白的面容。

其　二

浮雲終日行，游子久不至。

三夜頻夢君，情親見君意。

告歸常侷促，苦道來不易。[1]

江湖多風波，舟楫恐失墜。

出門搔白首，若負平生志。

冠蓋滿京華，斯人獨憔悴。[2]

孰云網恢恢，將老身反累？[3]

千秋萬歲名，寂寞身後事。[4]

【注釋】

    1　告歸：謂魂告辭歸去。苦道：反復說道。

    2　冠蓋：帽子和車蓋。代指京城的達官貴人。斯人：
此人。指李白。

    3　網恢恢：語出《老子》：“天網恢恢，疏而不漏。”身
反累：指被流放。

    4　“千秋”二句：阮籍《咏懷》：“千秋萬歲後，榮名
安所之。”

王　維

　　王維（701—761），字摩詰，原籍太原祁縣（今屬山西），父輩遷居於蒲州（今山西永濟）。進士及第，任大樂丞，因事貶爲濟州司倉參軍。曾奉使出塞，回朝官尙書右丞。安史之亂，身陷叛軍，接受僞職。受降官處分。其名字取自維摩詰居士，心向佛門。雖爲朝廷命官，卻常隱居藍田輞川別業，過着亦官亦隱的居士生活。多才多藝，能書善畫，詩歌成就以山水詩見長，描摹細緻，富於禪趣。蘇軾謂其"詩中有畫"，"畫中有詩"，正指出其詩畫的特色和造詣。他是唐代山水田園詩派的代表。

送綦毋潛落第還鄉[1]

聖代無隱者，英靈盡來歸。[2]
遂令東山客，不得顧採薇。[3]
既至金門遠，[4] 孰云吾道非？
江淮度寒食，京洛縫春衣。[5]
置酒長安道，同心與我違。[6]
行當浮桂棹，[7] 未幾拂荊扉。
遠樹帶行客，孤城當落暉。[8]
吾謀適不用，[9] 勿謂知音稀。

【注釋】

　　1　落第：未考取進士。

　　2　聖代：聖明之世。英靈：英俊靈秀的人才。

　　3　東山客：指隱居之士。東晉謝安曾隱居東山。採薇：
殷末伯夷、叔齊曾採薇於首陽山下。後世即以"採薇"代稱
隱居。

　　4　金門：漢宮有金馬門。此指朝廷。

　　5　寒食：節令名。清明前一日或二日。京洛：指長安
與洛陽。

　　6　同心：朋友。違：分離。

　　7　桂棹：用桂樹做的划船工具。此代指船。

　　8　行客：指綦毋潛。落暉：落日。

　　9　適：偶然。

送　別

下馬飲君酒，問君何所之？[1]
君言不得意，歸臥南山陲。[2]
但去莫復問，白雲無盡時。

【注釋】

　　1　飲君酒：勸君飲酒。何所之：往何處去。

　　2　歸臥：隱居。南山：指終南山。秦嶺山峰之一。陲：
邊。

青　溪[1]

言入黃花川，[2] 每逐青溪水。
隨山將萬轉，趣途無百里。[3]
聲喧亂石中，色靜深松裡。
漾漾泛菱荇，澄澄映葭葦。[4]
我心素已閒，清川澹如此。[5]
請留盤石上，垂釣將已矣。[6]

【注釋】

1　青溪：在今陝西沔縣東。
2　黃花川：在今陝西鳳縣東北。
3　趣：同 “趨”，奔走。
4　漾漾：水波動蕩的樣子。菱荇：兩種水草名。葭葦：蘆葦。
5　澹：恬靜。
6　盤石：又大又平的石頭。將已矣：意謂從此隱居結束此生。

渭川田家[1]

斜陽照墟落，窮巷牛羊歸。[2]
野老念牧童，倚杖候荊扉。
雉雊麥苗秀，[3] 蠶眠桑葉稀。

田夫荷鋤至，相見語依依。
即此羨閒逸，悵然吟式微。[4]

【注釋】

1　渭川：即渭水，源於甘肅鳥鼠山，經陝西，流入黃河。

2　墟落：村莊。窮巷：深巷。

3　雉雊：野雞鳴叫。

4　式微：《詩經》篇名，詩寫歸隱之思，其中有"式微，式微，胡不歸"之句。

西施咏[1]

艷色天下重，西施寧久微？[2]
朝爲越溪女，[3]暮作吳宮妃。
賤日豈殊衆，貴來方悟稀。[4]
邀人傅香粉，不自著羅衣。[5]
君寵益嬌態，君憐無是非。[6]
當時浣紗伴，莫得同車歸。
持謝鄰家子，效顰安可希？[7]

【注釋】

1　西施：春秋時越國美女，後由越王勾踐獻給吳王夫差。

2　寧：哪會。微：卑賤。

3　越溪：指若耶溪，在今浙江紹興東南。相傳西施曾在此浣紗。

4　悟：發覺。

5　傅：通“敷”，搽抹。羅：絲織品。

6　君：指吳王夫差。嬌態：做出嬌媚的樣子。憐：愛。

7　持謝：奉告。效顰：模倣西施皺眉頭。此用“東施效顰”典故，見《莊子·天運》。

孟 浩 然

孟浩然（689—740），字浩然，襄州襄陽（今湖北襄樊）人。早年隱居鹿門山，四十歲入長安應進士考落第，失意東歸，自洛陽東遊吳越，即所謂"山水尋吳越，風塵厭洛京"。張九齡出鎮荊州，引爲從事，後病疽卒。他是不甘隱淪而以隱淪終老的詩人。其詩多寫山水田園的幽清境界，卻不時流露出一種失意情緒，所以詩雖冲淡而有壯逸之氣，爲當世詩壇所推崇。

秋登蘭山寄張五[1]

北山白雲裡，隱者自怡悅。[2]

相望試登高，心隨雁飛滅。

愁因薄暮起，興是清秋發。

時見歸村人，沙行渡頭歇。

天邊樹若薺，江畔洲如月。[3]

何當載酒來，共醉重陽節。[4]

【注釋】

1　蘭山：一作"萬山"。在今湖北襄樊西北。

2　隱者：詩人自稱。

3　蘋：蘋菜。洲：水中陸地。
4　何當：何時。重陽節：陰曆九月九日爲重陽節。

夏日南亭懷辛大

山光忽西落，池月漸東上。[1]
散髮乘夕涼，開軒臥閒敞。[2]
荷風送香氣，竹露滴清響。
欲取鳴琴彈，恨無知音賞。
感此懷故人，中宵勞夢想。

【注釋】

1　山光：照山的陽光。池月：映池的月亮。
2　散髮：古人平時束髮，散髮表示閒放不拘。軒：窗。

宿業師山房待丁大不至[1]

夕陽度西嶺，羣壑倏已暝。[2]
松月生夜涼，風泉滿清聽。
樵人歸欲盡，煙鳥棲初定。[3]
之子期宿來，孤琴候蘿徑。[4]

【注釋】

1　業師：名叫業的和尙。師是對和尙的尊稱。山房：

指寺宇。丁大：丁鳳。大是其排行。

    2 壑：山谷。倏：忽然。暝：昏暗。

    3 煙鳥：暮煙中的歸鳥。

    4 之子：指丁大。宿：隔夜。蘿徑：長滿地衣類植物
的山路。

王昌齡

　　王昌齡（約690—約756），字少伯，京兆長安（今陝西西安）人。早年貧賤，困於農耕，年近不惑，始中進士。初任秘書省校書郎，又中博學宏辭，授汜水尉，因事貶嶺南。開元末返長安，改授江寧丞。被謗謫龍標尉。安史亂起，爲刺史閭丘曉所殺。其詩以七絕見長，尤以登第之前赴西北邊塞所作邊塞詩最著名，有“詩家夫子王江寧”之譽。

同從弟南齋玩月憶山陰崔少府[1]

高臥南齋時，開帷月初吐。[2]
清輝澹水木，演漾在窗户。[3]
荏苒幾盈虛，[4]澄澄變今古。
美人清江畔，是夜越吟苦。[5]
千里共如何，微風吹蘭杜。[6]

【注釋】

1　從弟：堂弟。山陰：今浙江紹興。少府：即縣尉。
2　帷：帳幕。
3　澹：水波搖動。演漾：蕩漾。
4　荏苒：形容時間推移。盈虛：指月圓月缺。
5　美人：指崔少府。越吟：唱越地之歌。

19

6　千里共：指雖相隔遙遠，但卻共賞一輪明月。蘭杜：蘭草，杜若，均香草名。

丘 爲

丘爲（？—？），字不詳，蘇州嘉興（今屬浙江）人。累舉不第，歸里苦讀。至天寶初始登進士，與王維、劉長卿友善，嘗相唱和。官至太子右庶子，致仕歸，時年八十餘，繼母健在，給俸祿之半，以孝稱。年九十六，以壽終。詩擅五言，善摹湖山景色。

尋西山隱者不遇

絕頂一茅茨，[1] 直上三十里。
扣關無僮僕，[2] 窺室唯案几。
若非巾柴車，應是釣秋水。[3]
差池不相見，黽勉空仰止。[4]
草色新雨中，松聲晚窗裡。
及茲契幽絕，[5] 自足蕩心耳。
雖無賓主意，頗得清淨理。
興盡方下山，何必待之子！[6]

【注釋】
1 茅茨：茅草屋。
2 扣關：敲門。

3　巾：用巾覆蓋。

4　差池：參差不齊。此指你來我往，未得見面。黽勉：
努力。

5　契：融洽，接觸。

6　之子：此人，指隱者。

綦毋潛

綦毋潛（692—約749），字孝通（一作季通），荆南（今湖北荆沙）人。開元中登進士第，授宜壽尉，遷右拾遺，入集賢院待制，終著作郎。後見兵亂，乃掛冠歸隱江東別業。其詩多寫山林幽寂之境與方外隱逸之情。

春泛若耶溪[1]

幽意無斷絕，此去隨所偶。[2]
晚風吹行舟，花路入溪口。
際夜轉西壑，隔山望南斗。[3]
潭煙飛溶溶，[4]林月低向後。
生事且瀰漫，[5]願爲持竿叟。

【注釋】

　1　若耶溪：在今紹興南若耶山下。

　2　偶：遇。

　3　際夜：傍晚。南斗：即斗宿。位置在南，爲越之分野。

　4　潭煙：指夜晚潭上的霧氣。溶溶：廣大的樣子。

　5　生事：生計。且：正。瀰漫：猶言渺茫。

常　建

　　常建（? 一?），字號籍貫均不詳。或說長安人，不確。開元中與王昌齡同榜進士。曾任盱眙尉，後隱居鄂渚，陶醉於山水之間。其詩多寫山水田園，以及邊塞題材，風格接近王孟詩派。

宿王昌齡隱居

清溪深不測，隱處惟孤雲。
松際露微月，清光猶爲君。
茅亭宿花影，藥院滋苔紋。[1]
余亦謝時去，西山鸞鶴羣。[2]

【注釋】
　　1　宿：止，停留。藥院：種藥草的院落。滋：生長。
　　2　謝時去：謝絕時人，遠離現實。鸞鶴：古代常指仙人騎乘的鳥。

岑 參

　　岑參 (715? —770)，原籍南陽，移居江陵（今湖北荆沙）。少時讀書於嵩山，後遊京洛河朔，隱居終南別業。天寶三年進士及第，授右內率府兵曹參軍。後赴安西高仙芝幕掌書記，復赴北庭封常清幕任職。對邊塞生活深有體驗。肅宗朝拜右補闕。長安收復後，轉起居舍人，以上書指斥權佞，出爲虢州長史。代宗朝入蜀，兩任嘉州刺史。罷官後客居成都。其詩以邊塞詩著稱，寫邊塞風光及將士生活，氣勢磅礴，昂揚奔放，因而成爲邊塞詩派的代表。

與高適薛據登慈恩寺浮圖[1]

塔勢如湧出，孤高聳天宮。

登臨出世界，磴道盤虛空。[2]

突兀壓神州，崢嶸如鬼工。[3]

四角礙白日，七層摩蒼穹。[4]

下窺指高鳥，俯聽聞驚風。

連山若波濤，奔湊似朝東。

青槐夾馳道，宮館何玲瓏。[5]

秋色從西來，蒼然滿關中。[6]

五陵北原上，[7]萬古青蒙蒙。

淨理了可悟，勝因夙所宗。[8]
誓將掛冠去，覺道資無窮。[9]

【注釋】

1　慈恩寺：唐高宗李治當太子時爲其母文德皇后修建的寺院，故名"慈恩"。浮圖：即佛塔。

2　磴道：指塔中石階。

3　突兀：高聳的樣子。崢嶸：高峻的樣子。鬼工：指神力，非人力所能爲。

4　摩：迫近。蒼穹：即蒼天。

5　馳道：皇帝乘輦經行之道。玲瓏：空明貌。

6　關中：指今陝西中部地區。

7　五陵：漢代五個皇帝的陵墓。均在長安城北。

8　淨理：即佛理。佛性清淨無垢，故云。勝因：佛家語，指一種殊妙的善因。

9　掛冠：掛起官帽，表示辭去官職。覺道：使人覺悟的佛理。資：用。

元　結

元結（719—772），字次山，魯縣（今河南魯山）人。鮮卑族後代。少居商餘山，著《元子》十篇。天寶中進士及第。安史亂起，舉族南奔，先後避居於猗（今湖北大冶）與瀼溪（今江西瑞昌），以耕釣自全。肅宗朝以右金吾兵曹參軍攝監察御史銜，充山南東道節度參謀，招募義軍，抗擊叛軍。代宗朝拜著作郎，後任道州刺史，轉容州刺史，兼御史中丞。母喪守制於祁陽浯溪。奉命入京，病逝於旅舍。其詩一反浮華文風，以救時勸俗為宗旨。他是新樂府運動的先行者。

賊退示官吏

癸卯歲，西原賊入道州，[1] 焚燒殺掠，幾盡而去。明年，賊又攻永破邵，[2] 不犯此州邊鄙而退。[3] 豈力能制敵歟？蓋蒙其傷憐而已。諸使何為忍苦徵斂，[4] 故作詩一篇，以示官吏。

> 昔年逢太平，山林二十年。
> 泉源在庭戶，洞壑當門前。
> 井稅有常期，日晏猶得眠。[5]
> 忽然遭世變，數歲親戎旃。[6]
> 今來典斯郡，山夷又紛然。[7]

城小賊不屠，人貧傷可憐。

是以陷鄰境，此州獨見全。

使臣將王命，豈不如賊焉。

今彼徵斂者，迫之如火煎。

誰能絕人命，以作時世賢。

思欲委符節，引竿自刺船。[8]

將家就魚麥，[9]歸老江湖邊。

【注釋】

1　西原：西原蠻，指在今廣西的唐代少數民族。道州：今湖南道縣。

2　永：永州，今屬湖南。邵：今湖南邵陽。

3　邊鄙：邊境。

4　諸使：指收賦稅的官吏。

5　井：井田，古代的一種土地制度。晏：晚。

6　戎旃：軍帳。旃，通「氈」。

7　典：掌管。山夷：指居住在山裡的少數民族。即指序文中的「西原賊」。

8　委：棄去。符節：代指朝廷任命的官銜。刺船：用篙撐船。

9　將家：攜帶家人。魚麥：指富饒的魚米之鄉。

韋應物

韋應物（737—792？），京兆萬年（今陝西西安）人。係貴冑出身，少為皇帝侍衛。後入太學，折節讀書。代宗朝入仕途，歷任洛陽丞、鄠縣令、滁州刺史、江州刺史、蘇州刺史，罷官後，閒居蘇州諸佛寺，直至終年。其詩多寫山水田園，清麗閒淡，和平之中時露幽憤之情。反映民間疾苦的詩，頗富於同情心。是中唐藝術成就較高的詩人。

郡齋雨中與諸文士燕集[1]

兵衛森畫戟，燕寢凝清香。[2]
海上風雨至，逍遙池閣涼。[3]
煩痾近消散，[4] 嘉賓復滿堂。
自慚居處崇，[5] 未睹斯民康。
理會是非遣，性達形跡忘。[6]
鮮肥屬時禁，蔬果幸見嘗。
俯飲一杯酒，仰聆金玉章。[7]
神歡體自輕，意欲凌風翔。
吳中盛文史，群彥今汪洋。[8]
方知大藩地，[9] 豈曰財賦強！

【注釋】

1　郡齋：州郡衙門的休息之室。燕集：舉行宴會。

2　畫戟：加彩畫的戟。戟，古代的一種兵器。燕：通
"宴"，飲酒。

3　海：此指東海。逍遙：自由自在的樣子。

4　煩痾：煩悶與疾病。

5　崇：高貴。

6　形跡：指禮儀的約束。

7　金玉章：聲韻鏗鏘悅耳的詩篇。

8　吳中：指今蘇州地區。羣彦：羣英。指"諸文士"。
汪洋：喻指諸文士氣度不凡。

9　藩：本指王侯的封地。大藩，指大郡，即蘇州。

初發揚子寄元大校書[1]

淒淒去親愛，泛泛入煙霧。[2]
歸棹洛陽人，殘鐘廣陵樹。[3]
今朝爲此別，何處還相遇？
世事波上舟，沿洄安得住？[4]

【注釋】

1　揚子：津名，在今江蘇揚州南。校書：官名，即校
書郎。

2　親愛：指親戚朋友。泛泛：指行船。

3　廣陵：今江蘇揚州。

4　沿洄：順流而下，逆流而上。

寄全椒山中道士[1]

今朝郡齋冷，忽念山中客。
澗底束荊薪，歸來煮白石。[2]
欲持一瓢酒，遠慰風雨夕。
落葉滿空山，何處尋行跡。

【注釋】

1　全椒：縣名，今屬安徽。
2　澗：兩山之間的水溝。荊薪：柴草。白石：古代有仙人煮石爲糧的傳說。

長安遇馮著[1]

客從東方來，衣上灞陵雨。[2]
問客何爲來，採山因買斧。
冥冥花正開，颺颺燕新乳。[3]
昨別今已春，鬢絲生幾縷？

【注釋】

1　長安：唐京城，今陝西西安。
2　灞陵：即灞上。在長安東，漢文帝葬於此。
3　冥冥：形容花繁的樣子。颺（yáng 羊）颺：鳥飛翔的樣子。

夕次盱眙縣[1]

落帆逗淮鎮，停舫臨孤驛。[2]

浩浩風起波，冥冥日沉夕。

人歸山郭暗，雁下蘆洲白。[3]

獨夜憶秦關，聽鐘未眠客。[4]

【注釋】

1　次：止宿。盱眙：今屬江蘇。

2　逗：停留。淮鎮：淮水旁的市鎮，指盱眙。舫：船。臨：靠近。驛：供郵差和官員旅宿的水陸交通站。

3　蘆洲：蘆葦叢生的水中陸地。

4　秦：今陝西的別稱。因戰國時為秦地而得名。客：詩人自稱。

東　郊

吏舍跼終年，出郭曠清曙。[1]

楊柳散和風，青山澹吾慮。[2]

依叢適自憩，緣澗還復去。[3]

微雨靄芳原，[4]春鳩鳴何處。

樂幽心屢止，遵事跡猶遽。[5]

32

終罷斯結廬，慕陶直可庶。[6]

【注釋】

1 跼：拘束，限制。曠清曙：清晨陽光映照下心曠神怡。

2 澹：安定。此作動詞。慮：雜念。

3 緣：沿着。還復去：徘徊往來。

4 霏：迷蒙。作動詞，有使然之意。

5 心屢止：多次想隱居於此。事：公事。遽：恐慌。

6 結廬：指隱居。陶：指陶淵明。庶：庶幾，接近。

送楊氏女[1]

永日方戚戚，出行復悠悠。[2]

女子今有行，大江溯輕舟。[3]

爾輩苦無恃，撫念益慈柔。[4]

幼為長所育，[5]兩別泣不休。

對此結中腸，義往難復留。

自小闕內訓，事姑貽我憂。[6]

賴茲托令門，仁恤庶無尤。[7]

貧儉誠所尚，資從豈待周？[8]

孝恭遵婦道，容止順其猷。[9]

別離在今晨，見爾當何秋？[10]

居閒始自遣，臨感忽難收。[11]

33

歸來視幼女，零淚緣纓流。[12]

【注釋】

1 楊氏女：楊氏撫育的女兒。

2 永日：整天。戚戚：悲傷。悠悠：憂思的樣子。出行：指出嫁。

3 溯：逆流而上。

4 無恃：失去母親。慈柔：慈祥柔和。

5 此句題下原注："幼女為楊氏所撫育。"

6 內訓：母親的教誨。姑：婆婆。貽我憂：使我煩憂。

7 托：倚靠。令門：對其夫家的尊稱。仁恤：愛憐。尤：過失。

8 資從：指嫁妝。周：完備。

9 容止：儀容與行為。猷：規矩，法度。

10 何秋：何年。

11 臨感：臨到有感觸的時候。收：控制。

12 纓：帽帶。

柳宗元

柳宗元（773—819），字子厚，河東（今山西永濟）人。貞元年間進士及第，復中博學宏辭，授集賢院正字。調藍田尉，遷監察御史里行。順宗即位，任禮部員外郎，參預政治革新。不久憲宗繼位，廢新政，打擊革新派，被貶爲永州司馬，十年後召還長安，復出爲柳州刺史。病逝於柳州。與韓愈發起古文運動，爲一代古文大家，世稱“韓柳”。其詩得《離騷》餘意，常於自然景物之中寄託幽思，纖穠而歸於淡泊，簡古而含有至味，成就不及散文，卻能獨具特色。

晨詣超師院讀禪經[1]

汲井漱寒齒，[2] 清心拂塵服。

閒持貝葉書，[3] 步出東齋讀。

真源了無取，妄跡世所逐。[4]

遺言冀可冥，繕性何由熟？[5]

道人庭宇靜，[6] 苔色連深竹。

日出霧露餘，青松如膏沐。[7]

澹然離言說，悟悅心自足。[8]

【注釋】

1 詣：到。超師：名字叫超的和尚。

2 汲井：從井裡打水。

3 貝葉書：指佛經。古印度用貝多羅樹葉寫經。

4 眞源：眞正的本源。妄跡：虛妄之事。逐：追求。

5 冥：暗合。繕性：修心養性。

6 道人：指詩題中的超師。

7 膏沐：古時婦女用來潤髮的油脂。

8 澹然：恬靜的樣子。離言說：無適當的語言來表達。
悟悅：悟道的樂趣。

溪 居

久爲簪組束，幸此南夷謫。[1]
閒依農圃鄰，偶似山林客。
曉耕翻露草，夜榜響溪石。[2]
來往不逢人，長歌楚天碧。[3]

【注釋】

1 簪組：古代官吏的服飾。此指官職。南夷：古代對南方少數民族的稱呼。謫：被降職或調往邊遠地區。時作者被貶爲永州司馬。

2 夜榜：夜裡行船。

3 楚天：指楚地。永州古屬楚國。

樂　府

王　昌　齡

塞上曲[1]

蟬鳴空桑林，八月蕭關道。[2]
出塞復入塞，處處黃蘆草。
從來幽并客，皆共塵沙老。[3]
莫學游俠兒，矜誇紫騮好。[4]

【注釋】

　　1　塞上曲：唐代《塞上曲》、《塞下曲》，由漢代樂府《入塞曲》、《出塞曲》演變而來，內容多寫邊塞戰事。

　　2　蕭關：關名，在今寧夏固原東南。

　　3　幽并：二州名，轄今京、冀、晉一部份地區。塵沙：幽并二州邊緣連接沙漠。

　　4　游俠兒：好交遊而富於俠義的人。矜誇：自誇。紫騮：駿馬名。

塞下曲

飲馬渡秋水，水寒風似刀。

平沙日未没，黯黯見臨洮。[1]

昔日長城戰，咸言意氣高。[2]

黄塵足今古，白骨亂蓬蒿。

【注釋】

 1　平沙：廣漠的沙原。黯黯：模糊不清。臨洮：今甘肅岷縣。秦築長城，西起臨洮。

 2　咸言：都說。

李 白

關 山 月[1]

明月出天山，[2] 蒼茫雲海間。
長風幾萬里，吹度玉門關。[3]
漢下白登道，胡窺青海灣。[4]
由來征戰地，不見有人還。
戍客望邊邑，[5] 思歸多苦顏。
高樓當此夜，[6] 歎息未應閒。

【注釋】

1　關山月：古樂府舊題，多寫離別之哀傷。

2　天山：指祁連山。在今青海、甘肅兩省邊界。

3　玉門關：在今甘肅敦煌西，爲通往西域要道。

4　白登：在今大同東北。匈奴曾困劉邦於此。胡：此指吐蕃。

5　戍客：指戍邊的士兵。

6　高樓：此指住在高樓裡的士兵妻室。

子夜吳歌[1]

長安一片月，萬戶擣衣聲。[2]
秋風吹不盡，總是玉關情。[3]
何日平胡虜，良人罷遠征？[4]

【注釋】

1　子夜吳歌：六朝樂府有《子夜歌》，因產生於吳地，亦稱《子夜吳歌》，多寫男女戀情。

2　擣衣：在砧石上擣衣料，是製寒衣的工序。

3　玉關：指玉門關。

4　胡虜：對敵人的蔑稱。良人：古代婦女對丈夫的稱呼。

長干行[1]

妾髮初覆額，折花門前劇。[2]
郎騎竹馬來，繞牀弄青梅。[3]
同居長干里，兩小無嫌猜。[4]
十四爲君婦，羞顏未嘗開。
低頭向暗壁，千喚不一回。
十五始展眉，[5]願同塵與灰。
常存抱柱信，[6]豈上望夫台？

十六君遠行，瞿塘灩澦堆。[7]

五月不可觸，猿聲天上哀。

門前遲行跡，[8]一一生綠苔。

苔深不能掃，落葉秋風早。

八月蝴蝶來，雙飛西園草。

感此傷妾心，坐愁紅顏老。[9]

早晚下三巴，[10]預將書報家。

相迎不道遠，直至長風沙。[11]

【注釋】

1　長干行：晉代樂府古辭有《長干曲》。長干，古地名，故址在今南京秦淮河之東。

2　初覆額：頭髮剛蓋着前額。謂年幼。劇：遊戲。

3　騎竹馬：跨着竹竿當馬騎的兒童遊戲。牀：此指坐具。

4　無嫌猜：沒有嫌疑猜忌，指男女年幼無防。

5　展眉：情感從眉宇間流露出來。

6　抱柱信：用尾生守信等待，抱橋柱淹死故事。

7　灩澦堆：長江瞿塘峽口一塊突起江面的巨大礁石。今已炸掉。

8　遲：徐行。

9　坐：因。

10　三巴：指巴郡、巴東、巴西。均在四川東部。

11　長風沙：在今安徽懷寧東長江邊上。

孟 郊

孟郊（751—814），字東野，湖州武康（今浙江德清）人。早年屢試不第，漫遊南北，流寓蘇州。及過中年，始中進士，五十歲應東都選，授溧陽尉，以吟詩廢務，被罰半俸。河南尹鄭餘慶闢爲水陸轉運判官，定居洛陽。鄭餘慶移鎮興元軍，任爲參軍。赴鎮途中暴疾而卒。其爲詩慘淡經營，苦心孤詣，多窮愁之詞，即蘇軾所謂"詩從肺腑出，出輒愁肺腑"，屬苦吟詩派，繼承杜甫而別開蹊徑。

列 女 操[1]

梧桐相待老，鴛鴦會雙死。[2]
貞婦貴殉夫，[3] 捨生亦如此。
波瀾誓不起，妾心古井水。

【注釋】

1 列女：同"烈女"，古代有節操的婦女。操：琴曲的一種體裁。

2 梧桐：落葉喬木，傳說梧爲雄樹，桐爲雌樹。會：終究。

3 殉：以死相從。

遊 子 吟[1]

慈母手中線，遊子身上衣。

臨行密密縫，意恐遲遲歸。

誰言寸草心，報得三春暉?[2]

【注釋】

1　題下原注：“迎母溧水上。”

2　寸草：小草。喻子女。三春：指春天的三個月。暉：陽光。喻慈母的愛。

卷二　七言古詩

陳子昂

陳子昂（661—702），字伯玉，梓州射洪（今屬四川）人。世為豪族，少以俠知名。後入長安游太學。文明初進士及第，拜麟台正字。從征西域，至張掖而返。後轉右拾遺。又隨軍東征契丹，參謀軍事。返京後，仍為右拾遺。諫議多不合，因解官還鄉。為縣令誣陷，入獄，被迫害致死。其為詩力主恢復漢魏風骨，一變初唐浮靡詩風，或諷諫朝政，或感懷身世，落地作金石聲。他是唐代詩歌革新的先驅。

登幽州台歌[1]

前不見古人，　　後不見來者。
念天地之悠悠，　獨愴然而涕下。[2]

【注釋】

1　幽州台：即薊州北城樓，故址在今北京。
2　悠悠：形容地久天長。愴然：悲傷的樣子。涕：眼淚。

李　頎

　　李頎（690？—751？），趙郡（今河北趙縣）人，長期居潁水之陰的東川別業（在今河南登封）。偶爾出遊東西兩京，結交當代文士。開元二十三年進士及第，不久任新鄉尉。經五次考績，未得遷調，因辭官歸東川。其詩以邊塞詩著稱，可與高適、岑參、王昌齡等相頡頏；描寫音樂的詩篇，亦具特色。他在唐代詩壇地位頗高。

古　意[1]

男兒事長征，　　　少小幽燕客。[2]

賭勝馬蹄下，　　　由來輕七尺。[3]

殺人莫敢前，　　　鬚如猬毛磔。[4]

黃雲隴坻白雲飛，[5] 未得報恩不得歸。

遼東小婦年十五，[6] 慣彈琵琶解歌舞。

今爲羌笛出塞聲，[7] 使我三軍淚如雨。

【注釋】

1　古意：即擬古、效古。

2　事長征：指從軍。幽燕：在今河北、遼寧一帶。

3　賭勝：決勝負。輕七尺：不怕死。七尺，指身軀。

45

5　黃雲：指黃色塵埃。隴坻：即隴阪，今甘肅隴山。
6　小婦：少婦。
7　羌：古代西北地區的一個少數民族。

送陳章甫

四月南風大麥黃，棗花未落桐葉長。
青山朝別暮還見，嘶馬出門思舊鄉。
陳侯立身何坦蕩，虬鬚虎眉仍大顙。[1]
腹中貯書一萬卷，不肯低頭在草莽。[2]
東門沽酒飲我曹，心輕萬事如鴻毛。
醉臥不知白日暮，有時空望孤雲高。
長河浪頭連天黑，津吏停舟渡不得。[3]
鄭國遊人未及家，洛陽行子空歎息。[4]
聞道故林相識多，[5]罷官昨日今如何！

【注釋】
1　陳侯：對陳章甫的尊稱。虬鬚：如虬龍一樣拳曲的鬚。仍：並且。大顙（sǎng 嗓）：寬闊的額頭。
2　草莽：草野。
3　津吏：管渡口的小吏。
4　鄭國遊人：指陳章甫。洛陽行子：作者自稱。
5　故林：故園，故鄉。

琴　歌

主人有酒歡今夕，請奏鳴琴廣陵客。[1]
月照城頭烏半飛，[2]霜淒萬木風入衣。
銅爐華燭燭增輝，初彈淥水後楚妃。[3]
一聲已動物皆靜，四座無言星欲稀。
清淮奉使千餘里，敢告雲山從此始。

【注釋】
1　廣陵客：指善彈琴的人。琴曲有《廣陵散》。
2　半飛：分飛。
3　華燭：花燭。淥水：古曲名。楚妃：即《楚妃歎》。
樂府吟歎曲。

聽董大彈胡笳聲兼
寄語弄房給事[1]

蔡女昔造胡笳聲，一彈一十有八拍。[2]
胡人落淚沾邊草，漢使斷腸對歸客。[3]
古戍蒼蒼烽火寒，大荒沉沉飛雪白。[4]
先拂商絃後角羽，四郊秋葉驚摵摵。[5]
董夫子，通神明，深山竊聽來妖精。
言遲更速皆應手，將往復旋如有情。

空山百鳥散還合，　　萬里浮雲陰且晴。

嘶酸雛雁失羣夜，　　斷絕胡兒戀母聲。

川為淨其波，　　　　鳥亦罷其鳴。

烏孫部落家鄉遠，　　邏娑沙塵哀怨生。[6]

幽音變調忽飄灑，　　長風吹林雨墮瓦。

迸泉颯颯飛木末，　　野鹿呦呦走堂下。[7]

長安城連東掖垣，　　鳳凰池對青瑣門。[8]

高才脫略名與利，[9]　日夕望君抱琴至。

【注釋】

1　董大：指董庭蘭。善彈琴。弄：一種音樂體裁。房給事：房琯，唐肅宗時曾為宰相。

2　蔡女：蔡琰，字文姬。世傳作有《胡笳十八拍》。拍，樂曲的段落。

3　歸客：指蔡文姬。她曾入南匈奴，後歸漢。

4　古戍：古代邊地戍守的哨所。大荒：指邊地遼闊的荒野。

5　商絃：商音之絃。古代以宮商角徵羽為五音。角羽：古代五音中的兩個音。摵摵：落葉聲。

6　烏孫：漢西域國名。武帝以江都公主嫁其主。邏娑：唐時吐蕃首都，即今西藏拉薩。

7　颯颯：雨聲。此處形容泉水的迸射聲。呦呦：鹿鳴聲。

8　東掖垣：指皇宮東邊的門下省。鳳凰池：指中書省。因接近皇帝之故得此名。

9　脫略：不受拘束。

48

聽安萬善吹觱篥歌[1]

南山截竹爲觱篥，　此樂本是龜茲出。[2]
流傳漢地曲轉奇，　涼州胡人爲我吹。[3]
傍鄰聞者多歎息，　遠客思鄉皆淚垂。
世人解聽不解賞，　長飆風中自來往。[4]
枯桑老柏寒颼飀，[5]　九雛鳴鳳亂啾啾。
龍吟虎嘯一時發，　萬籟百泉相與秋。[6]
忽然更作《漁陽摻》，　黃雲蕭條白日暗。[7]
變調如聞《楊柳》春，　上林繁花照眼新。[8]
歲夜高堂列明燭，[9]　美酒一杯聲一曲。

【注釋】

1　觱篥（bì lì 必栗）：一種由龜茲傳入的管樂器。
2　龜茲：古國名，在今新疆庫車。
3　涼州：今甘肅武威。
4　長飆：暴風。喻樂聲急驟。
5　颼飀：風聲。
6　萬籟：自然界發出的各種聲響。
7　漁陽摻：即《漁陽摻撾》，鼓調名，音調悲壯。黃雲：雲色昏暗。
8　楊柳：即《折楊柳》，古曲名。上林：古苑名，舊址在今陝西西安。
9　歲夜：陰曆除夕。

孟浩然

夜歸鹿門歌[1]

山寺鳴鐘晝已昏，漁梁渡頭爭渡喧。[2]
人隨沙岸向江村，余亦乘舟歸鹿門。
鹿門月照開煙樹，忽到龐公棲隱處。[3]
岩扉松徑長寂寥，唯有幽人自來去。[4]

【注釋】

1　鹿門：山名，在今湖北襄樊。

2　晝已昏：天已昏暗。漁梁：渡口名。在襄陽城外漢水之濱。

3　龐公：龐德公。漢末隱士，曾隱居鹿門。

4　岩扉：石門。幽人：隱士。作者自稱。

李　白

盧山謠寄盧侍御虛舟[1]

我本楚狂人，鳳歌笑孔丘。[2]手持綠玉杖，[3]朝別黃鶴樓。五嶽尋仙不辭遠，一生好入名山遊。盧山秀出南斗傍，屏風九疊雲錦張，影落明湖青黛光。[4]金闕前開二峰長，銀河倒掛三石梁。[5]香爐瀑布遙相望，回崖沓嶂凌蒼蒼。[6]翠影紅霞映朝日，鳥飛不到吳天長。[7]登高壯觀天地間，大江茫茫去不還。黃雲萬里動風色，白波九道流雪山。[8]好爲盧山謠，興因盧山發。閒窺石鏡清我心，謝公行處蒼苔沒。[9]早服還丹無世情，琴心三迭道初成。[10]遙見仙人彩雲裡，手把芙蓉朝玉京。[11]先期汗漫九垓上，願接盧敖遊太清。[12]

【注釋】

　　1　謠：古代唱歌不用樂器伴奏叫謠。侍御：官名，即侍御史。

2　楚狂：指春秋時楚國人陸通，曾作歌勸孔子不要出仕；歌曰：“鳳兮，鳳兮，何德之衰也？”稱作“鳳歌”。

3　綠玉杖：傳爲仙人所用的手杖。

4　南斗：星名。古人認爲廬山是它的分野。屏風九疊：九疊屏。其峰多重，如九疊屏風。影：指映入鄱陽湖的廬山倒影。明湖：指鄱陽湖。古稱彭蠡湖。青黛：青黑色。

5　金闕：指金闕岩。在香爐峰西南。二峰：指香爐峰和雙劍峰。三石梁：三座石梁。石梁，如橋樑般的山石。

6　香爐：指廬山香爐峰。回崖：曲折的懸崖。沓障：重疊的山峰。蒼蒼：青天。

7　吳天：春秋時，廬山一帶屬吳國。

8　九道：古代傳說，長江流至潯陽分爲九派。雪山：指江中波浪。

9　石鏡：廬山東南有圓石，明淨如鏡。謝公：指南朝宋代詩人謝靈運。他曾遊廬山。

10　還丹：道家煉丹燒成水銀，再還原成丹砂。琴心三疊：道家術語，指心神安靜的境界。

11　玉京：道家認爲大神元始天尊居住在玉京。

12　先期：預先約會。汗漫：傳說中的神仙。九垓（gāi 該）：九天之上。盧敖：戰國時燕國人，秦始皇召爲博士，後派他去求神仙，因此他也成了神仙一類人物。此處代指盧侍御。太清：道家稱天的最高處爲太清。

夢遊天姥吟留別[1]

　　海客談瀛洲，煙濤微茫信難求。[2]越人語天姥，雲霞明滅或可睹。天姥連天向天橫，勢拔五嶽掩赤城。[3]天台四萬八千丈，[4]對此欲

52

倒東南傾。我欲因之夢吳越，一夜飛度鏡湖月。[5] 湖月照我影，送我至剡溪。[6] 謝公宿處今尚在，[7] 渌水蕩漾清猿啼。腳著謝公屐，身登青雲梯。[8] 半壁見海日，空中聞天雞。千岩萬轉路不定，迷花倚石忽已暝。[9] 熊咆龍吟殷岩泉，慄深林兮驚層巔。[10] 雲青青兮欲雨，水澹澹兮生煙。列缺霹靂，[11] 丘巒崩摧。洞天石扉，訇然中開。[12] 青冥浩蕩不見底，日月照耀金銀台。[13] 霓為衣兮風為馬，雲之君兮紛紛而來下。[14] 虎鼓瑟兮鸞回車，仙之人兮列如麻。[15] 忽魂悸以魄動，怳驚起而長嗟。[16] 惟覺時之枕席，失向來之煙霞。[17] 世間行樂亦如此，古來萬事東流水。別君去兮何時還？且放白鹿青崖間，[18] 須行即騎訪名山。安能摧眉折腰事權貴，[19] 使我不得開心顏！

【注釋】

1　天姥（mǔ 母）：山名，在今浙江新昌之東。

2　海客：從海上來的客人。瀛洲：傳說中海上三仙山之一。信：誠然，確實。

3　拔：超拔。赤城：山名，在今浙江天台城北。

4　天台：浙東名山。上應台星，故名天台。

5　越：指今浙江一帶。鏡湖：即鑒湖，在今浙江紹興之南。

6　剡溪：水名，在今浙江嵊縣南。

7 謝公：指南北朝宋代詩人謝靈運，他曾遊天姥山。

8 謝公屐：謝靈運特製的一種專供登山用的木鞋。青雲梯：山路高峻陡峭，如攀登青天的梯子。

9 暝：天色昏暗。

10 殷：雷聲。層巔：重疊的山峰。

11 列缺：閃電。

12 洞天：道家稱神仙居住的地方。扉：門。一作"扇"。訇（hōng 轟）然：巨響。

13 青冥：青天。金銀台：傳說為神仙居住的地方。

14 雲之君：雲神。

15 回車：拉車。仙之人：仙人。列如麻：極言仙人之多。

16 悸：驚怕。恍：失意的樣子。

17 覺：醒來。向來：剛才，指夢中。

18 白鹿：傳說中的神獸，為仙人之坐騎。

19 摧眉：低眉。事：侍奉。

金陵酒肆留別[1]

風吹柳花滿店香，吳姬壓酒勸客嘗。[2]
金陵子弟來相送，欲行不行各盡觴。[3]
請君試問東流水，別意與之誰短長？

【注釋】

1 金陵：今南京。酒肆：酒店。

2 吳姬：吳地女子。此指酒店侍女。壓酒：酒釀成時，壓酒糟取酒。

54

3　子弟：年輕人。盡觴：乾杯。

宣州謝朓樓餞別校書叔云[1]

　　棄我去者，昨日之日不可留。亂我心者，今日之日多煩憂。長風萬里送秋雁，對此可以酣高樓。[2] 蓬萊文章建安骨，中間小謝又清發。[3] 俱懷逸興壯思飛，欲上青天覽明月。[4] 抽刀斷水水更流，舉杯消愁愁更愁。人生在世不稱意，明朝散髮弄扁舟。

【注釋】

　　1　宣州：今安徽宣城。謝朓樓：南齊詩人謝朓所建的樓閣，在宣城陵陽山上。校書：官名，即校書郎。

　　2　酣：暢飲。

　　3　蓬萊：傳說中海上仙山，相傳仙府難得的典籍俱存於此，漢時稱官家藏書之東觀爲蓬萊山。此指唐代的秘書省。建安：東漢末獻帝的年號，當時曹操、曹丕及建安七子詩風遒勁，後人稱之爲“建安風骨”。小謝：指謝朓。此處作者自指。

　　4　覽：通“攬”，摘取之意。

岑 參

走馬川行奉送封大夫出師西征[1]

　　君不見走馬川行雪海邊，平沙莽莽黃入天。輪台九月風夜吼，[2]一川碎石大如斗，隨風滿地石亂走。匈奴草黃馬正肥，金山西見煙塵飛，漢家大將西出師。[3]將軍金甲夜不脫，半夜軍行戈相撥，[4]風頭如刀面如割。馬毛帶雪汗氣蒸，五花連錢旋作冰，幕中草檄硯水凝。[5]虜騎聞之應膽懾，料知短兵不敢接，車師西門佇獻捷。[6]

【注釋】

　　1　走馬川：地名，即今新疆境內的車爾臣河。封大夫：封常清，時為北庭都護、伊西節度、瀚海軍使。

　　2　輪台：古輪台當在今新疆烏魯木齊郊外。

　　3　匈奴：漢朝對北方部族的統稱。金山：即新疆西南部的阿爾泰山。漢家：實指唐朝。

　　4　金甲：鐵甲。撥：碰撞。

　　5　五花：將馬頸上的毛剪成五瓣花的式樣。連錢：指馬身上的花紋。草檄：起草軍用文書。

6 虜騎：敵方的騎兵。儲：恐懼。短兵：指刀劍等短兵器。車師：唐安西都護府治所。

輪台歌奉送封大夫出師西征[1]

輪台城頭夜吹角，輪台城北旄頭落。[2]
羽書昨夜過渠黎，單于已在金山西。[3]
戍樓西望煙塵黑，[4] 漢兵屯在輪台北。
上將擁旄西出征，平明吹笛大軍行。[5]
四邊伐鼓雪海湧，三軍大呼陰山動。[6]
虜塞兵氣連雲屯，[7] 戰場白骨纏草根。
劍河風急雲片闊，[8] 沙口石凍馬蹄脫。
亞相勤王甘苦辛，[9] 誓將報主靜邊塵。
古來青史誰不見，[10] 今見功名勝古人。

【注釋】

1 輪台：古輪台當在今新疆烏魯木齊郊外。

2 角：古代軍中用以報時的一種吹器。旄頭落：胡星落，意謂胡人將要覆滅。

3 羽書：緊急軍用文書。渠黎：當時西域軍事重鎮，在輪台東南。單于：匈奴的首領。

4 戍樓：邊境用以瞭望敵情的哨樓。

5 旄：旗桿飾物。皇帝賜給大將出師的憑證。吹笛：此指出兵時吹奏軍笛。

6　陰山：在今內蒙中部，此泛指西北邊地的山。

7　虜塞：敵方要塞。

8　劍河：水名，在今新疆境內。

9　亞相：唐代對御史大夫的稱呼。此指封常清。勤王：為皇帝出力，指平定叛亂。

10　青史：古代用竹簡記事，故稱史書為"青史"。

白雪歌送武判官歸京[1]

北風捲地白草折，胡天八月即飛雪。[2]

忽如一夜春風來，千樹萬樹梨花開。

散入珠簾濕羅幕，狐裘不暖錦衾薄。[3]

將軍角弓不得控，都護鐵衣冷猶著。[4]

瀚海闌干百丈冰，[5]愁雲慘淡萬里凝。

中軍置酒飲歸客，[6]胡琴琵琶與羌笛。

紛紛暮雪下轅門，風掣紅旗凍不翻。[7]

輪台東門送君去，去時雪滿天山路。

山迴路轉不見君，雪上空留馬行處。

【注釋】

1　判官：官名，是節度使的僚屬。

2　白草：西北草原上的野草，入秋乾枯變白。胡天：此指西北地區。

3　狐裘：狐皮裘衣。錦衾：錦緞被子。

4　角弓：用獸角裝飾的弓。控：拉開。都護：邊地武將。

　　5　瀚海：大沙漠。闌干：縱橫的樣子。

　　6　中軍：指主帥的營帳。歸客：指武判官。

　　7　轅門：軍營的外門。立車轅爲門，故名。掣（chè
徹）：牽動。

杜 甫

韋諷錄事宅觀曹將軍畫馬圖[1]

國初已來畫鞍馬，　神妙獨數江都王。[2]
將軍得名三十載，　人間又見真乘黃。[3]
曾貌先帝照夜白，　龍池十日飛霹靂。[4]
內府殷紅瑪瑙盤，　婕妤傳詔才人索。[5]
盤賜將軍拜舞歸，　輕紈細綺相追飛。[6]
貴戚權門得筆跡，　始覺屏障生光輝。
昔日太宗拳毛騧，　近時郭家獅子花。[7]
今之新圖有二馬，　復令識者久歎嗟。
此皆戰騎一敵萬，　縞素漠漠開風沙。[8]
其餘七匹亦殊絕，　迥若寒空雜煙雪。
霜蹄蹴踏長楸間，　馬官廝養森成列。[9]
可憐九馬爭神駿，　顧視清高氣深穩。[10]
借問苦心愛者誰？　後有韋諷前支遁。[11]
憶昔巡幸新豐宮，　翠華拂天來向東。[12]
騰驤磊落三萬匹，　皆與此圖筋骨同。[13]

自從獻寶朝河宗，[14] 無復射蛟江水中。

君不見金粟堆前松柏裡，龍媒去盡鳥呼風。[15]

【注釋】

1　錄事：官名，即錄事參軍，為州郡佐史。曹將軍：曹霸，善畫馬。

2　國初：指唐朝開國之初。已來：以來。江都王：指唐太宗的姪子李緒。

3　真乘黃：真的神馬。乘黃，傳說中的神馬。

4　貌：作動詞，描繪之意。先帝：指唐玄宗李隆基。照夜白：玄宗的馬名。龍池：在唐宮南內（興慶宮），南薰殿北。

5　婕妤（jiéyú 捷余）：宮中女官的名稱。

6　輕紈細綺：精美的絲織品。

7　拳毛騧：唐太宗駿馬名。郭家：郭子儀。獅子花：代宗駿馬名。

8　縞素：白色畫絹。

9　蹴踏：踩踏。長楸間：大道上。森成列：言馬官役卒極多。

10　顧視清高：形容昂首的神情。

11　支遁：東晉名僧，本姓關，字道林。愛養馬。

12　新豐宮：指華清宮。翠華：皇帝儀仗中用翠羽裝飾的旗幟。

13　騰驤：跳躍，奔馳。磊落：眾多的樣子。筋骨：指筋骨挺硬。

14　獻寶朝河宗：據載周穆王西行至陽紆之山，河伯來朝獻寶，穆王不久便死了。此指玄宗死去。

15　金粟堆：玄宗的陵墓。在今陝西蒲城金粟山上。龍媒：指良馬。

丹青引[1] 贈曹將軍霸

將軍魏武之子孫，於今爲庶爲清門。[2]
英雄割據雖已矣，[3] 文采風流今尚存。
學書初學衛夫人，但恨無過王右軍。[4]
丹青不知老將至，富貴於我如浮雲。
開元之中常引見，承恩數上南薰殿。[5]
凌煙功臣少顏色，將軍下筆開生面。[6]
良相頭上進賢冠，[7] 猛將腰間大羽箭。
褒公鄂公毛髮動，英姿颯爽猶酣戰。[8]
先帝天馬玉花驄，[9] 畫工如山貌不同。
是日牽來赤墀下，迴立閶闔生長風。[10]
詔謂將軍拂絹素，意匠慘淡經營中。[11]
須臾九重眞龍出，一洗萬古凡馬空！
玉花卻在御榻上，榻上庭前屹相向。[12]
至尊含笑催賜金，圉人太僕皆惆悵。[13]
弟子韓幹早入室，亦能畫馬窮殊相。[14]
幹惟畫肉不畫骨，忍使驊騮氣凋喪。[15]
將軍畫善蓋有神，偶逢佳士亦寫眞。[16]
即今飄泊干戈際，屢貌尋常行路人。[17]
途窮反遭俗眼白，世上未有如公貧。

但看古來盛名下，終日坎壈纏其身。[18]

【注釋】

1　丹青：繪畫用的材料，後用爲繪畫的代稱。引：樂府詩體的一種。

2　魏武：魏武帝的省稱，即曹操。爲庶爲清門：謂曹霸曾爲庶民，出身寒素。

3　英雄割據：曹操平定中原，與蜀吳三足鼎立。

4　衛夫人：名鑠，王羲之曾在她門下學習書法。王右軍：指王羲之。曾任右軍將軍。

5　南薰殿：長安南內興慶宮的內殿。

6　凌煙功臣：指凌煙閣上的功臣畫像。開生面：又有了新面目、新形象。

7　進賢冠：文官戴的帽子。

8　褒公：褒國公段志玄。鄂公：鄂國公尉遲敬德。颯爽：英武飛動的樣子。

9　天馬：一作“御馬”。玉花驄：駿馬名。

10　赤墀：宮殿的紅色台階。迴：遠。閶闔：神話中的天門，此指宮門。

11　意匠：指構思。

12　玉花：指畫中的玉花驄。榻：指坐具。屹相向：即屹立相對。

13　至尊：指皇帝。圉人：養馬的人。太僕：掌管皇帝車馬的官。惆悵：此謂驚訝讚歎。

14　韓幹：唐代畫家，善畫馬。入室：得到眞傳。窮殊相：能窮盡各種形態。

15　驊騮：駿馬名。

16　寫眞：畫像。

17　干戈：指戰亂。貌：描摹。

63

18 坎壈（kǎn lǎn 砍覽）：窮困失意。

寄韓諫議注[1]

我今不樂思洛陽，身欲奮飛病在牀。

美人娟娟隔秋水，濯足洞庭望八荒。[2]

鴻飛冥冥日月白，[3]青楓葉赤天雨霜。

玉京羣帝集北斗，或騎麒麟翳鳳凰。[4]

芙蓉旌旗煙霧落，影動倒景搖瀟湘。[5]

星宮之君醉瓊漿，羽人稀少不在旁。[6]

似聞昨者赤松子，恐是漢代韓張良。[7]

昔隨劉氏定長安，帷幄未改神慘傷。[8]

國家成敗我豈敢，色難腥腐餐楓香。

周南留滯古所惜，南極老人應壽昌。[9]

美人胡爲隔秋水，焉得置之貢玉堂？[10]

【注釋】

1 諫議：官名，即諫議大夫。

2 美人：指韓注。古人常以美人比君子。濯足：洗腳。
八荒：八方荒遠之地。

3 鴻飛冥冥：指賢人遠去。

4 玉京：道教稱元始天尊所居之處爲玉京。羣帝：指
衆天神。翳：遮蔽。此處爲騎乘之意。

5 瀟湘：二水名，在今湖南零陵境合流。

6 星宮之君：指仙人。羽人：穿羽衣的仙人，即飛仙。

古柏行

孔明廟前有老柏，柯如青銅根如石。[1]

霜皮溜雨四十圍，黛色參天二千尺。[2]

君臣已與時際會，樹木猶爲人愛惜。

雲來氣接巫峽長，月出寒通雪山白。

憶昨路繞錦亭東，先主武侯同閟宮。[3]

崔嵬枝幹郊原古，窈窕丹青戶牖空。[4]

落落盤踞雖得地，[5] 冥冥孤高多烈風。

扶持自是神明力，正直原因造化功。

大廈如傾要樑棟，萬牛回首丘山重。

不露文章世已驚，[6] 未辭剪伐誰能送。

苦心豈免容螻蟻，香葉終經宿鸞鳳。

志士幽人莫怨嗟，古來材大難爲用。

【注釋】

1 孔明廟：在夔州，今四川奉節。柯：樹枝。

2 霜皮溜雨：指古柏樹皮經霜經雨而變得蒼老。黛色：

青黑色。

　　3　先主：指劉備。蜀之開國君主。武侯：諸葛亮曾封武鄉侯。閟宮：深閉之宮。指武侯祠廟。

　　4　崔嵬：高大的樣子。窈窕：幽深、深遠的樣子。戶牖：指孔明廟門窗。

　　5　落落：獨立出羣的樣子。

　　6　不露文章：言古柏不以花葉之美自炫。

觀公孫大娘弟子舞劍器行[1] 並序

　　大曆二年十月十九日，夔州別駕元持宅，[2]見臨潁李十二娘舞劍器，[3]壯其蔚跂，[4]問其所師，曰：“余公孫大娘弟子也。”開元三載，余尚童稚，記於郾城觀公孫氏舞《劍器渾脫》，[5]瀏灕頓挫，[6]獨出冠時。自高頭宜春梨園二伎坊內人，泊外供奉舞女，[7]曉是舞者，聖文神武皇帝初，[8]公孫一人而已。玉貌錦衣，況余白首；今茲弟子，亦匪盛顏。既辨其由來，知波瀾莫二。[9]撫事慷慨，[10]聊為《劍器行》。[11]往者吳人張旭，[12]善草書書帖，數嘗於鄴縣見公孫大娘舞西河《劍器》，自此草書長進，豪蕩感激，[13]即公孫可知矣。

　　昔有佳人公孫氏，一舞《劍器》動四方。
　　觀者如山色沮喪，[14]天地為之久低昂。
　　燿如羿射九日落，矯如羣帝驂龍翔。[15]
　　來如雷霆收震怒，罷如江海凝青光。[16]
　　絳脣珠袖兩寂寞，[17]晚有弟子傳芬芳。
　　臨潁美人在白帝，[18]妙舞此曲神揚揚。
　　與余問答既有以，感時撫事增惋傷。

先帝侍女八千人，公孫《劍器》初第一。[19]

五十年間似反掌，風塵澒洞昏王室。[20]

梨園弟子散如煙，女樂餘姿映寒日。[21]

金粟堆南木已拱，[22] 瞿塘石城草蕭瑟。

玳筵急管曲復終，[23] 樂極哀來月東出。

老夫不知其所往，足繭荒山轉愁疾。[24]

【注釋】

1　公孫大娘：唐玄宗時的舞蹈家。弟子：指李十二娘。劍器：唐代流行的武舞。

2　別駕：官名，州刺史的輔佐。

3　臨潁：唐縣名，故址在今河南臨潁西北。

4　蔚跂：豪放雄渾的樣子。

5　郾城：唐縣名，今屬河南。

6　瀏漓頓挫：舞姿活潑而又起伏不定。

7　洎：及，到。外供奉：居住於宮外的藝人。

8　聖文神武皇帝：唐玄宗的尊號。

9　波瀾莫二：一脈相承，師徒舞技相倣。

10　慷慨：激昂感歎。

11　聊：姑且。

12　張旭：當時著名書法家。

13　感激：受到鼓舞，情緒奮發。

14　色沮喪：臉色為之一變。

15　爡：光芒閃爍的樣子。羿：傳說他射下九個太陽。見《淮南子·本經訓》。羣帝：指天神。驂龍：駕龍。

16　來：指劍舞開場。清光：平靜的波光。

17　絳脣珠袖：指公孫大娘的容顏和舞姿。寂寞：謂公孫大娘亡後，其容貌舞姿皆消逝。

67

18　白帝：指夔州。

19　初第一：本是第一。

20　澒洞：形容浩大無際。

21　女樂：指擅長樂舞的女子。餘姿：指李十二娘猶存開元盛世的歌舞風貌。寒日：冬日。此詩作於十月。

22　金粟堆：在今陝西蒲城，唐玄宗的陵墓在此。拱：合抱。

23　玳筵：華盛的宴席。一作"玳絃"。

24　老夫：杜甫自指。

元　結

石魚湖上醉歌[1] 並序

漫叟以公田米釀酒，[2] 因休暇則載酒於湖上，時取一醉。歡醉中，據湖岸引臂向魚取酒，使舫載之，遍飲坐者。意疑倚巴丘酌於君山之上，[3] 諸子環洞庭而坐，酒舫泛泛然觸波濤而往來者，乃作歌以長之。[4]

石魚湖，似洞庭，夏水欲滿君山青。

山爲樽，水爲沼，酒徒歷歷坐洲島。[5]

長風連日作大浪，不能廢人運酒舫。[6]

我持長瓢坐巴丘，酌飲四座以散愁。

【注釋】

1　石魚湖：在今湖南道縣東。

2　漫叟：元結自號。

3　巴丘：山名，在今湖南岳陽洞庭湖邊。君山：山名，在洞庭湖中。

4　長：助興。

5　樽：酒器。沼：池。歷歷：分明可數。

6　廢人運酒舫：阻止酒船在湖上往來。

韓　愈

韓愈 (768—824)，字退之，郡望昌黎 (今屬河北)，籍貫河陽 (今河南孟縣)。三歲喪父，由嫂氏撫養成人。貞元進士，先後赴宣武節度、徐泗濠節度幕中任職，入朝任國子監四門博士，遷監察御史，貶山陽令。憲宗朝還京官國子博士、史館修撰、中書舍人知制誥，隨裴度征淮西平叛有功，遷刑部侍郎，以諫迎佛骨，觸怒憲宗，貶爲潮州刺史。穆宗朝調任吏部侍郎。病逝長安。與柳宗元倡導古文運動，反對駢文，提倡散文；詩歌創作亦力求獨創，不避險僻，以文爲詩，形成宏偉奇崛的特點。

山　石

山石犖确行徑微，[1] 黄昏到寺蝙蝠飛。

升堂坐階新雨足，芭蕉葉大支子肥。[2]

僧言古壁佛畫好，以火來照所見稀。

鋪牀拂席置羹飯，疏糲亦足飽我飢。[3]

夜深静臥百蟲絕，[4] 清月出嶺光入扉。

天明獨去無道路，出入高下窮煙霏。

山紅澗碧紛爛漫，時見松櫪皆十圍。[5]

當流赤足踏澗石，水聲激激風生衣。

人生如此自可樂，豈必侷促爲人鞿。[6]
嗟哉吾黨二三子，安得至老不更歸![7]

【注釋】

1 犖确：山石不平的樣子。微：狹窄。
2 支子：即梔子，夏天開花，色白而香。
3 疏糲：簡便的飯食。糲，指糙米。
4 百蟲絕：各種蟲聲均息。
5 櫪：同"櫟"，一種落葉喬木。
6 鞿（jī基）：馬韁繩。此作動詞，指被人控制。
7 吾黨二三子：指志趣相同的幾個朋友。

八月十五夜贈張功曹[1]

纖雲四卷天無河，[2] 清風吹空月舒波。
沙平水息聲影絕，一杯相屬君當歌。[3]
君歌聲酸辭正苦，不能聽終淚如雨。
洞庭連天九疑高，蛟龍出沒猩鼯號。[4]
十生九死到官所，幽居默默如藏逃。
下牀畏蛇食畏藥，海氣濕蟄熏腥臊。[5]
昨者州前捶大鼓，嗣皇繼聖登夔皋。[6]
赦書一日行千里，罪從大辟皆除死。[7]
遷者追回流者還，滌瑕蕩垢清朝班。[8]
州家申名使家抑，坎坷只得移荊蠻。[9]

判司官卑不堪説，未免捶楚塵埃間。[10]

同時流輩多上道，天路幽險難追攀。[11]

君歌且休聽我歌，我今與君豈殊科。[12]

一年月明今宵多，人生由命非由他，

有酒不飲奈明何！

【注釋】

1 張功曹：張署。功曹，官名，即功曹參軍，刺史的屬官。

2 纖雲：微雲。河：指銀河。

3 屬：勸酒。

4 九疑：亦作“九嶷”，即蒼梧山，在今湖南寧遠。鼯：形似松鼠的一種動物。

5 濕蟄：蟄伏在潮濕之處的蛇蟲。

6 嗣皇：指唐憲宗。夔皋：夔和皋，均爲舜的忠臣。

7 大辟：死刑。

8 遷者：遷謫的人。流者：被流放的人。瑕：瑕疵。垢：汚垢。朝班：朝中的官員。

9 州家：州刺史。使家：觀察使。坎坷：困頓的意思。

10 捶楚：鞭打。

11 天路：指進身朝廷的途徑。

12 殊科：不同類，不一樣。

謁衡嶽廟遂宿嶽寺題門樓[1]

五嶽祭秩皆三公，四方環鎮嵩當中。[2]

火維地荒足妖怪，天假神柄專其雄。[3]
噴雲洩霧藏半腹，[4] 雖有絕頂誰能窮？
我來正逢秋雨節，陰氣晦昧無清風。
潛心默禱若有應，豈非正直能感通？[5]
須臾靜掃眾峰出，[6] 仰見突兀撐青空。
紫蓋連延接天柱，石廩騰擲堆祝融。[7]
森然魄動下馬拜，松柏一徑趨靈宮。[8]
粉墻丹柱動光彩，鬼物圖畫填青紅。
升階傴僂薦脯酒，欲以菲薄明其衷。[9]
廟令老人識神意，睢盱偵伺能鞠躬。[10]
手持杯玟導我擲，[11] 云此最吉餘難同。
竄逐蠻荒幸不死，衣食才足甘長終。
侯王將相望久絕，神縱欲福難爲功。
夜投佛寺上高閣，星月掩映雲朣朧。
猿鳴鐘動不知曙，杲杲寒日生於東。[12]

【注釋】

1　謁：朝拜。衡嶽：即衡山，在今湖南境內。

2　祭秩：祭祀時的等次。三公：朝廷高官的通稱。嵩：嵩山。

3　火維：謂衡嶽在南方，古以五行分方位，南方屬火。假：授予。神柄：神的權力。

4　半腹：指衡嶽的山腰。

5　正直：正心誠意。

6　須臾：一會兒。靜掃：指清風悄悄地將陰雲吹走。

73

7　紫蓋、天柱、石廩、祝融：均爲衡山峰名。騰擲：形容山勢逶迤起伏。

8　魄動：敬畏的意思。靈宮：指衡嶽廟。

9　傴僂：躬着腰，指向神表示崇敬。脯：乾肉。菲薄：微薄。

10　睢盱：凝視。

11　杯珓：一種極簡便的占卜工具。

12　不知曙：不知不覺中已天亮。杲杲：光明的樣子。

石 鼓 歌

張生手持石鼓文，[1] 勸我試作石鼓歌。

少陵無人謫仙死，[2] 才薄將奈石鼓何。

周綱陵遲四海沸，宣王憤起揮天戈。[3]

大開明堂受朝賀，諸侯劍珮鳴相磨。

搜於岐陽騁雄俊，萬里禽獸皆遮羅。[4]

鐫功勒成告萬世，鑿石作鼓隳嵯峨。[5]

從臣才藝咸第一，揀選撰刻留山阿。[6]

雨淋日炙野火燎，鬼物守護煩攛呵。[7]

公從何處得紙本，毫髮盡備無差訛。

辭嚴義密讀難曉，字體不類隸與蝌。[8]

年深豈免有缺畫，快劍斫斷生蛟鼉。[9]

鸞翔鳳翥眾仙下，[10] 珊瑚碧樹交枝柯。

金繩鐵索鎖紐壯，古鼎躍水龍騰梭。

74

陋儒編詩不得入，二雅褊迫無委蛇。[11]
孔子西行不到秦，掎摭星宿遺羲娥。[12]
嗟余好古生苦晚，對此涕淚雙滂沱。
憶昔初蒙博士徵，其年始改稱元和。
故人從軍在右輔，為我度量掘臼科。[13]
濯冠沐浴告祭酒，[14] 如此至寶存豈多？
氈包席裹可立致，[15] 十鼓只載數駱駝。
薦諸太廟比郜鼎，光價豈止百倍過？[16]
聖恩若許留太學，[17] 諸生講解得切磋。
觀經鴻都尚填咽，坐見舉國來奔波。[18]
剜苔剔蘚露節角，安置妥帖平不頗。[19]
大廈深簷與覆蓋，經歷久遠期無佗。[20]
中朝大官老於事，詎肯感激徒媕婀！[21]
牧童敲火牛礪角，誰復着手為摩挲？[22]
日銷月鑠就埋没，[23] 六年西顧空吟哦。
羲之俗書趁姿媚，數紙尚可博白鵝。[24]
繼周八代爭戰罷，無人收拾理則那！[25]
方今太平日無事，柄任儒術崇丘軻。[26]
安能以此尚論列，願借辯口如懸河。[27]
石鼓之歌止於此，嗚呼吾意其蹉跎！[28]

【注釋】

1　張生：指張徹，韓愈的學生。石鼓文：指從石鼓上

75

揾下來的文字。

2　少陵：指杜甫。杜甫曾居於長安少陵原。謫仙：指李白。賀知章稱李白爲“謫仙人”。

3　周綱：周朝的政治制度。陵遲：衰敗。宣王：周宣王。揮天戈：指南北征戰。

4　遮羅：攔捕。

5　鐫功：在石鼓上銘刻功勳。墮：毀壞。

6　山阿：山中曲處。

7　搉呵：護持。搉，同“揮”。

8　蝌：周時所用之蝌蚪文。

9　缺畫：謂石鼓文筆畫殘缺。斫：用刀劍砍。蛟鼉：蛟龍與黿鼉。

10　翥：飛。

11　詩：指《詩經》。委蛇：寬大之意。

12　掎摭：採取。羲娥：羲和與嫦娥。代指日月。

13　度量：計劃。臼科：坑坎，指埋石鼓的坑穴。

14　濯冠沐浴：洗帽洗澡，表示虔敬。祭酒：官名，唐朝國子監有祭酒一人。

15　立致：立刻便運到。

16　薦：進獻。郜（gào 告）鼎：郜國所造的鼎。光價：猶聲價。

17　太學：指國子監。

18　填咽：阻塞，擁擠。坐：即將。時間副詞。

19　節角：指石鼓文字的筆劃有棱角。頗：歪斜。

20　無佗：無他，指無損壞。

21　中朝：猶朝中。老於事：處理事情很老練。有諷刺之意。詎肯：哪肯。媕婀：沒有主見，猶豫不決。

22　敲火：敲石取火。言石鼓被兒童隨意玩弄。摩挲：用手撫摩，表示愛惜。

23　鑠：熔化。就：歸於。

76

24　趁姿媚：追求字體的美觀。博白鵝：換白鵝，此用王羲之以自己寫的《黃庭經》換道士白鵝的典故。

25　八代：泛指唐以前的八個朝代。則那：又奈何。

26　柄任：重用。丘軻：指孔丘、孟軻。

27　論列：議論。懸河：喻善於辭令。

28　蹉跎：枉廢之意。

柳 宗 元

漁 翁

漁翁夜傍西巖宿，曉汲清湘燃楚竹。[1]
煙銷日出不見人，欸乃一聲山水綠。[2]
回望天際下中流，巖上無心雲相逐。[3]

【注釋】

1　西巖：指湖南永州西山。清湘：清澈的湘江水。
2　欸乃（ǎo ǎi 襖矮）：搖櫓聲。
3　無心：晉陶潛《歸去來兮辭》：「雲無心以出岫。」

卷三　七言古詩

白 居 易

白居易（772—846），字樂天，原籍太原（今屬山西），祖上遷居下邽（今陝西渭南），出生於新鄭（今屬河南）。少經離亂，避難越中，歷盡困苦。貞元進士，爲秘書省校書郎。憲宗朝爲翰林學士，授左拾遺。上疏求追捕刺殺宰相武元衡兇手，被貶爲江州司馬。後歷任忠州、杭州、蘇州諸州刺史。文宗朝任太子賓客分司東都、太子少傅分司東都，定居洛陽，以刑部尚書致仕。晚居香山寺，號香山居士。與元稹、張籍等人倡導新樂府運動，致力於諷喻詩，而其閒適抒情之作，卻博得當世與後人的喜愛與傳誦。平易通俗，深入淺出，是其詩歌的最大特點。

長 恨 歌

漢皇重色思傾國，御宇多年求不得。[1]
楊家有女初長成，[2]養在深閨人未識。
天生麗質難自棄，一朝選在君王側。
回眸一笑百媚生，六宮粉黛無顏色。

春寒賜浴華清池，溫泉水滑洗凝脂[3]。
侍兒扶起嬌無力，始是新承恩澤時。
雲鬢花顏金步搖，[4]芙蓉帳暖度春宵。
春宵苦短日高起，從此君王不早朝。
承歡侍宴無閒暇，春從春遊夜專夜。
後宮佳麗三千人，三千寵愛在一身。
金屋妝成嬌侍夜，玉樓宴罷醉和春。[5]
姊妹弟兄皆列土，可憐光彩生門戶。
遂令天下父母心，不重生男重生女。
驪宮高處入青雲，[6]仙樂風飄處處聞。
緩歌慢舞凝絲竹，盡日君王看不足。
漁陽鼙鼓動地來，驚破霓裳羽衣曲。[7]
九重城闕煙塵生，千乘萬騎西南行。
翠華搖搖行復止，[8]西出都門百餘里。
六軍不發無奈何，宛轉蛾眉馬前死。[9]
花鈿委地無人收，翠翹金雀玉搔頭。
君王掩面救不得，回看血淚相和流。
黃埃散漫風蕭索，雲棧縈紆登劍閣。[10]
峨嵋山下少人行，旌旗無光日色薄。[11]
蜀江水碧蜀山青，聖主朝朝暮暮情。
行宮見月傷心色，夜雨聞鈴腸斷聲。
天旋地轉回龍馭，[12]到此躊躇不能去。

馬嵬坡下泥土中，　不見玉顏空死處。

君臣相顧盡沾衣，　東望都門信馬歸。

歸來池苑皆依舊，　太液芙蓉未央柳。[13]

芙蓉如面柳如眉，　對此如何不淚垂？

春風桃李花開日，　秋雨梧桐葉落時。

西宮南內多秋草，　落葉滿階紅不掃。

梨園弟子白髮新，　椒房阿監青娥老。[14]

夕殿螢飛思悄然，[15]　孤燈挑盡未成眠。

遲遲鐘鼓初長夜，　耿耿星河欲曙天。[16]

鴛鴦瓦冷霜華重，[17]　翡翠衾寒誰與共？

悠悠生死別經年，　魂魄不曾來入夢。

臨邛道士鴻都客，　能以精誠致魂魄。[18]

爲感君王輾轉思，　遂教方士殷勤覓。

排雲馭氣奔如電，　升天入地求之遍。

上窮碧落下黃泉，[19]　兩處茫茫皆不見。

忽聞海上有仙山，　山在虛無縹緲間。

樓閣玲瓏五雲起，　其中綽約多仙子。[20]

中有一人字太真，　雪膚花貌參差是。[21]

金闕西廂叩玉扃，　轉教小玉報雙成。[22]

聞道漢家天子使，　九華帳裡夢魂驚。[23]

攬衣推枕起徘徊，　珠箔銀屏迤邐開。[24]

雲髻半偏新睡覺，[25]　花冠不整下堂來。

風吹仙袂飄飄舉，[26] 猶似《霓裳羽衣舞》。

玉容寂寞淚闌干，[27] 梨花一枝春帶雨。

含情凝睇謝君王，[28] 一別音容兩渺茫。

昭陽殿裡恩愛絕， 蓬萊宮中日月長。

回頭下望人寰處， 不見長安見塵霧。

惟將舊物表深情， 鈿合金釵寄將去。[29]

釵留一股合一扇， 釵擘黃金合分鈿。[30]

但教心似金鈿堅， 天上人間會相見。

臨別慇懃重寄詞， 詞中有誓兩心知。

七月七日長生殿，[31] 夜半無人私語時。

在天願作比翼鳥， 在地願爲連理枝。[32]

天長地久有時盡， 此恨綿綿無絕期。

【注釋】

1 漢皇：借指唐玄宗。傾國：指絕代美女。御宇：統治天下。

2 楊家有女：指楊玄琰的女兒玉環。

3 華清池：在陝西臨潼驪山下，爲華清宮的溫泉浴池。凝脂：喻指白嫩柔滑的皮膚。

4 雲鬢：烏雲般的頭髮。金步搖：一種首飾。

5 醉和春：醉意連着春意。

6 驪宮：指驪山華清宮。

7 漁陽鼙鼓：指安祿山在漁陽起兵叛亂。霓裳羽衣曲：唐代著名舞曲名。

8 翠華：用翠羽裝飾的旗，皇帝的儀仗。

9 六軍：指皇帝的禁衛軍。蛾眉：指楊貴妃。

82

10　蕭索：風聲。雲棧：高入雲端鑿石架木築成的棧道。劍閣：即劍門關。在大、小劍山之間。

11　薄：暗淡。

12　天旋地轉：指形勢好轉。回龍馭：指玄宗由蜀返京。

13　太液、未央：代指唐宮與池苑。

14　梨園：唐玄宗親自教習樂工的地方。椒房：後妃所住的宮殿。阿監：宮中女官。青娥：妙齡的少女。

15　思悄然：情思淒涼寂寞。

16　耿耿：明亮的樣子。

17　鴛鴦瓦：一俯一仰配合在一起構成雙對的瓦。

18　臨邛：今四川邛崍縣。鴻都：此指長安。

19　碧落：道家對天的稱呼。黃泉：指地下。

20　綽約：美好輕盈的樣子。

21　太真：即楊貴妃。她當女道士時號太真。參差：彷彿。

22　玉扃：指玉做的宮門。小玉、雙成：指太真的侍女。

23　九華帳：華美的帷帳。

24　珠箔：用珠子穿成的簾子。邐迤：接連不斷。

25　半偏：不整齊。

26　袂：袖。

27　闌干：眼淚縱橫的樣子。

28　凝睇：注視。

29　鈿合：鑲嵌珠寶的盒子。

30　擘：分開。

31　長生殿：驪山華清宮內祭神的宮殿。

32　比翼鳥：傳說中一種雌雄並飛的鳥。連理枝：兩樹枝幹連生在一起，用以喻愛情。

琵琶行並序

元和十年，余左遷九江郡司馬。[1] 明年秋，送客湓浦口，[2] 聞舟中夜彈琵琶者。聽其音，錚錚然有京都聲。問其人，本長安倡女，嘗學琵琶於穆、曹二善才，[3] 年長色衰，委身為賈人婦。[4] 遂命酒，使快彈數曲。曲罷憫然，自敘少小時歡樂事，今漂泊憔悴，轉徙於江湖間。[5] 余出官二年，恬然自安，[6] 感斯人言，是夕始覺有遷謫意。[7] 因為長句，歌以贈之。凡六百一十二言，命曰《琵琶行》。

潯陽江頭夜送客，[8] 楓葉荻花秋瑟瑟。

主人下馬客在船，舉酒欲飲無管絃。

醉不成歡慘將別，別時茫茫江浸月。

忽聞水上琵琶聲，主人忘歸客不發。

尋聲暗問彈者誰，[9] 琵琶聲停欲語遲。

移船相近邀相見，添酒回燈重開宴。

千呼萬喚始出來，猶抱琵琶半遮面。

轉軸撥絃三兩聲，[10] 未成曲調先有情。

絃絃掩抑聲聲思，[11] 似訴平生不得志。

低眉信手續續彈，說盡心中無限事。

輕攏慢撚抹復挑，初為《霓裳》後《六幺》。[12]

大絃嘈嘈如急雨，小絃切切如私語。[13]

嘈嘈切切錯雜彈，大珠小珠落玉盤。

84

間關鶯語花底滑，[14] 幽咽泉流水下灘。
水泉冷澀絃凝絕， 凝絕不通聲暫歇。
別有幽愁暗恨生， 此時無聲勝有聲。
銀瓶乍破水漿迸， 鐵騎突出刀槍鳴。
曲終收撥當心畫， 四絃一聲如裂帛。[15]
東船西舫悄無言， 惟見江心秋月白。
沉吟放撥插絃中，[16] 整頓衣裳起斂容。
自言本是京城女， 家在蝦蟆陵下住。[17]
十三學得琵琶成， 名屬教坊第一部。
曲罷曾教善才服， 妝成每被秋娘妒。[18]
五陵少年爭纏頭， 一曲紅綃不知數。[19]
鈿頭銀篦擊節碎，[20] 血色羅裙翻酒污。
今年歡笑復明年， 秋月春風等閒度。
弟走從軍阿姨死， 暮去朝來顏色故。[21]
門前冷落車馬稀， 老大嫁作商人婦。
商人重利輕別離， 前月浮梁買茶去。[22]
去來江口守空船， 繞船明月江水寒。
夜深忽夢少年事， 夢啼妝淚紅闌干。
我聞琵琶已歎息， 又聞此語重唧唧。[23]
同是天涯淪落人， 相逢何必曾相識。
我從去年辭帝京， 謫居臥病潯陽城。
潯陽地僻無音樂， 終歲不聞絲竹聲。[24]

住近溢江地低濕，黃蘆苦竹繞宅生。[25]
其間旦暮聞何物？杜鵑啼血猿哀鳴。[26]
春江花朝秋月夜，往往取酒還獨傾。[27]
豈無山歌與村笛？嘔啞嘲哳難為聽。[28]
今夜聞君琵琶語，如聽仙樂耳暫明。
莫辭更坐彈一曲，為君翻作《琵琶行》。[29]
感我此言良久立，卻坐促絃絃轉急。[30]
淒淒不似向前聲，滿座重聞皆掩泣。
座中泣下誰最多？江州司馬青衫濕。[31]

【注釋】

1　左遷：貶官。古人以左為卑。
2　溢浦口：溢水入江處，在今江西九江。
3　善才：唐代對琵琶藝人和樂師的通稱。
4　賈人：商人。
5　轉徙：流浪。
6　恬然自安：平靜舒適，隨遇而安。
7　謫：降職外調。
8　潯陽江：長江流經九江北面一段稱潯陽江。
9　暗問：悄悄地探問。
10　軸：琵琶上收緊絃線的把手。
11　掩抑：形容低沉鬱悶。
12　攏：撫絃。捻：揉絃。抹：順手下撥。挑：反手回撥。霓裳、六幺：曲名。
13　切切：形容樂聲細促急切。
14　間關：鳥鳴聲。
15　撥：撥絃的工具。當心畫：用撥在琵琶中心劃過四

86

絃。裂帛：撕裂絲織品。

16　沉吟：欲語遲疑的樣子。

17　蝦蟆陵：在長安東南，附近是歌女的聚居地。

18　秋娘：唐代歌妓的通稱。

19　纏頭：贈送歌妓的貴重絲織品。綃：生絲織的綢子。

20　鈿頭銀篦：鑲嵌花鈿飾物的髮篦。

21　顏色故：姿色衰老。

22　浮梁：今江西景德鎮。當時爲茶葉集散地。

23　唧唧：歎息聲。

24　絲：指絃樂器。竹：指管樂器。

25　苦竹：竹的一種。

26　杜鵑：子規鳥，其聲淒厲，易動人哀思。

27　獨傾：獨自酌酒。

28　嘔啞嘲哳：形容雜亂細碎的聲音。

29　翻作：按曲調寫成歌詞。

30　促絃：把絃擰緊。

31　江州司馬：作者自指。靑衫：唐時最低官職的服色。

李 商 隱

  李商隱（約813—858），字義山，號玉溪生，又號樊南生，原籍懷州河內（今河南沁陽），祖遷居滎陽（今屬河南）。少習駢文，游於幕府，又學道於濟源玉陽山。開成年間進士及第，曾任秘書省校書郎，調弘農尉。宣宗朝先後入桂州、徐州、梓州幕府。復任鹽鐵推官。一生在牛李黨爭的夾縫中求生存，備受排擠，潦倒終身。晚年閒居鄭州，病逝。其詩多抨擊時政，不滿藩鎮割據、宦官擅權。以律絕見長，意境深邃，富於文采，獨具特色。爲晚唐傑出詩人。

韓　碑[1]

元和天子神武姿，彼何人哉軒與羲。[2]
誓將上雪列聖恥，坐法宮中朝四夷。[3]
淮西有賊五十載，封狼生貙貙生羆。[4]
不據山河據平地，長戈利矛日可麾。[5]
帝得聖相相曰度，賊斫不死神扶持。
腰懸相印作都統，陰風慘淡天王旗。
愬武古通作牙爪，儀曹外郎載筆隨。[6]
行軍司馬智且勇，十四萬衆猶虎貔。[7]
入蔡縛賊獻太廟，功無與讓恩不訾。[8]

帝曰汝度功第一，汝從事愈宜爲辭。[9]

愈拜稽首蹈且舞，[10] 金石刻畫臣能爲。

古者世稱大手筆，此事不繫於職司。

當仁自古有不讓，言訖屢頷天子頤。

公退齋戒坐小閣，[11] 濡染大筆何淋漓。

點竄堯典舜典字，塗改清廟生民詩。

文成破體書在紙，清晨再拜鋪丹墀。[12]

表曰臣愈昧死上，詠神聖功書之碑。

碑高三丈字如斗，負以靈鰲蟠以螭。[13]

句奇語重喻者少，讒之天子言其私。

長繩百尺拽碑倒，粗沙大石相磨治。

公之斯文若元氣，[14] 先時已入人肝脾。

湯盤孔鼎有述作，[15] 今無其器存其辭。

嗚呼聖王及聖相，相與烜赫流淳熙。[16]

公之斯文不示後，曷與三五相攀追！[17]

願書萬本誦萬遍，口角流沫右手胝。[18]

傳之七十有二代，以爲封禪玉檢明堂基。[19]

【注釋】

　　1　韓碑：指韓愈所撰《平淮西碑》。碑文記載唐憲宗元
和十二年（817）宰相裴度率軍討平淮西藩鎮吳元濟叛軍事。

　　2　元和天子：指唐憲宗李純。軒：軒轅氏，即黃帝。
羲：伏羲氏，傳說中的上古聖王。

　　3　列聖：指憲宗之前諸帝。法宮：皇宮內皇帝主治政

事的正殿。

4　封狼：大狼。貙（chū 出）：獸名。

5　日可麾：謂揮日倒行，氣燄囂張。麾，同“揮”。

6　愬：指李愬，唐鄧隨節度使。武：韓公武，淮西都統韓弘之子。古：李道古，鄂岳觀察使。通：李文通，壽州團練使。儀曹外郎：指隨裴度出征的李宗閔，任掌書記。

7　行軍司馬：指韓愈。當時愈以御史中丞隨軍出征，充行軍司馬。貔：貔貅，傳說中的猛獸。

8　蔡：蔡州。賊：指吳元濟。不嘗：不可計量。

9　從事：官名，刺史的佐吏。

10　稽首：叩頭。

11　公：指韓愈。齋戒：祭祀前虔敬的儀式，喻寫碑態度恭敬。

12　破體：行書的變體。丹墀：宮內塗紅漆的台階。

13　負以靈鰲：用鰲形基石負載韓碑。蟠以螭：以螭（無角龍）形花紋盤繞碑側。

14　斯文：此文。指韓愈所作碑文。

15　湯盤：傳為商湯沐浴之盆。孔鼎：指孔子先世正考父之鼎。鼎上有銘文。

16　淳熙：淳正，光明。

17　曷：怎能。三五：指上古三皇五帝。

18　胝：手腳上的繭。

19　封禪：古代帝王宣揚功業的一種隆重祭典。玉檢：盛封禪書的玉盒蓋。明堂基：大殿的基礎。

樂　府

高　適

　　高適（約 700—765），字達夫，渤海蓨（今河北景縣）人。少孤貧，潦倒失意，長期客居梁宋，以耕釣爲業。又北遊燕趙，南下寓於淇上。後中有道科，授封丘尉。後棄官入隴右節度使哥舒翰幕府掌書記。安史之亂，升侍御史，拜諫議大夫。肅宗朝歷官御史大夫、揚州長史、淮南節度使，又任彭州、蜀州刺史，轉成都尹、劍南西川節度使。後爲散騎常侍，封渤海縣侯，病逝。其詩以寫軍旅生活最具特色，粗獷豪放，遒勁有力，是邊塞詩派的代表之一，與岑參齊名，世稱“高岑”。

燕　歌　行[1] 並序

　　開元二十六年，[2] 客有從元戎出塞而還者，[3] 作《燕歌行》以示適。感征戍之事，因而和焉。[4]

漢家煙塵在東北，[5] 漢將辭家破殘賊。
男兒本是重橫行，天子非常賜顏色。[6]

91

摐金伐鼓下榆關，旌旗逶迤碣石間。[7]

校尉羽書飛瀚海，單于獵火照狼山。[8]

山川蕭條極邊土，胡騎憑陵雜風雨。[9]

戰士軍前半死生，美人帳下猶歌舞。

大漠窮秋塞草衰，[10] 孤城落日鬥兵稀。

身當恩遇常輕敵，力盡關山未解圍。

鐵衣遠戍辛勤久，玉箸應啼別離後。[11]

少婦城南欲斷腸，征人薊北空回首。[12]

邊風飄颻那可度，絕域蒼茫更何有！[13]

殺氣三時作陣雲，寒聲一夜傳刁斗。[14]

相看白刃血紛紛，死節從來豈顧勳？

君不見沙場爭戰苦，至今猶憶李將軍！[15]

【注釋】

1 燕歌行：樂府舊題，多用來描寫北方邊地征戍之事和征人思婦的離情別緒。

2 開元二十六年：公元 738 年。

3 元戎：主帥。

4 和：以詩酬答。

5 漢家：借指唐朝。煙塵：邊塞的烽煙和戰塵，此指戰爭警報。

6 賜顏色：給面子。

7 摐：擊，打。金：似鈴，行軍時用來節止步伐。榆關：山海關。在今河北秦皇島。逶迤：形容軍隊在山上曲折行進。碣石：山名，在今河北昌黎之東。

8 校尉：低於將軍的武官，指邊塞部隊長官。羽書：

92

緊急軍情文書。瀚海：指大沙漠。單于：古代匈奴首領的稱號。狼山：即狼居胥山，在今內蒙境內。

9　極邊土：邊境的盡頭。憑陵：來勢兇猛。

10　窮秋：秋末，深秋。

11　鐵衣：鐵甲，指遠戍的士兵。玉箸：喻婦女的眼淚。

12　薊北：今天津薊縣，這裡泛指東北邊地。

13　絕域：極遠的邊地。更何有：什麼也沒有，極言其荒涼。

14　三時：指早、中、晚。刁斗：古代軍中煮飯和打更用的銅鍋。

15　李將軍：指漢代名將李廣。據《史記》載，李廣愛護士兵，作戰勇敢，屢立戰功。

李 頎

古從軍行

白日登山望烽火，黃昏飲馬傍交河。[1]
行人刁斗風沙暗，公主琵琶幽怨多。[2]
野營萬里無城郭，雨雪紛紛連大漠。
胡雁哀鳴夜夜飛，胡兒眼淚雙雙落。
聞道玉門猶被遮，應將性命逐輕車。[3]
年年戰骨埋荒外，空見蒲萄入漢家。[4]

【注釋】

1　交河：在今新疆吐魯番西北。

2　刁斗：古代軍中煮飯和打更用的銅鍋。公主琵琶：
據載，漢武帝時，烏孫國王向漢朝求婚，武帝把江都王的女
兒封爲公主，嫁給烏孫王。出嫁途中，公主令人在馬上彈奏
琵琶，以抒思鄉之情。

3　遮：阻攔。逐：追隨。輕車：戰車，此指軍隊主將。

4　蒲萄：即葡萄。漢代自西域傳入中原。

王　維

洛陽女兒行[1]

洛陽女兒對門居，才可容顏十五餘。[2]

良人玉勒乘驄馬，侍女金盤膾鯉魚。[3]

畫閣朱樓盡相望，紅桃綠柳垂簷向。

羅帷送上七香車，寶扇迎歸九華帳。[4]

狂夫富貴在青春，意氣驕奢劇季倫。[5]

自憐碧玉親教舞，[6]不惜珊瑚持與人。

春窗曙滅九微火，九微片片飛花瑣。[7]

戲罷曾無理曲時，妝成只是薰香坐。

城中相識盡繁華，日夜經過趙李家。[8]

誰憐越女顏如玉，[9]貧賤江頭自浣紗。

【注釋】

1　洛陽女兒行：樂府古題。

2　才可：恰好，剛夠。

3　良人：古代妻子對丈夫的尊稱。驄馬：毛色黑白相間的良馬。膾鯉魚：細切的鯉魚片。

95

4 羅帷：絲織的帳幕。七香車：華貴的車子。九華帳：繡有華麗圖案的彩帳。

5 狂夫：猶言拙夫，古代婦女自稱丈夫的謙詞。劇：勝於。季倫：晉石崇字季倫，家甚富豪。

6 碧玉：指洛陽女兒。

7 九微：燈名。花瑣：指雕花的窗格。

8 趙李家：漢代國戚，此泛指達官貴人之家。

9 越女：原指春秋時越國美女西施，此處泛指貧賤的浣紗女。

老 將 行

少年十五二十時，步行奪得胡馬騎。

射殺山中白額虎，肯數鄴下黃鬚兒？[1]

一身轉戰三千里，一劍曾當百萬師。

漢兵奮迅如霹靂，虜騎奔騰畏蒺藜。[2]

衛青不敗由天幸，李廣無功緣數奇。[3]

自從棄置便衰朽，世事蹉跎成白首。[4]

昔時飛箭無全目，今日垂楊生左肘。[5]

路旁時賣故侯瓜，門前學種先生柳。[6]

蒼茫古木連窮巷，寥落寒山對虛牖。[7]

誓令疏勒出飛泉，不似潁川空使酒。[8]

賀蘭山下陣如雲，羽檄交馳日夕聞。[9]

節使三河募年少，詔書五道出將軍。[10]

試拂鐵衣如雪色，聊持寶劍動星文。[11]

願得燕弓射大將，恥令越甲鳴吾君。[12]
莫嫌舊日雲中守，[13] 猶堪一戰立功勳。

【注釋】

1　肯數：豈肯只推許。鄴下：曹操爲魏王時都鄴。故城在河北臨漳北。黃鬚兒：曹彰。曹操第二子，鬚黃色，性剛猛。

2　虜騎：對敵人騎兵的蔑稱。蒺藜：行軍障礙物，用木或金屬製成。

3　衛青：漢名將。以征伐匈奴有功，官至大將軍。由天幸：衛青曾先後六次出擊匈奴，從未失敗，如有天助。李廣：漢名將，與匈奴大小七十餘戰，匈奴畏而呼之爲“飛將軍”。數奇：命運不好。李廣與匈奴作戰功勳卓著，卻終未封侯，最後還因失道後至被處分而自殺。

4　蹉跎：喩失足或失時。

5　垂楊生左肘：謂久不見用，武功都生疏了。典出《莊子·至樂》。

6　故侯瓜：漢邵平秦時爲東陵侯，秦亡淪爲布衣，種瓜於長安東，瓜美，世稱“東陵瓜”。先生柳：晉代詩人陶淵明作《五柳先生傳》，表達自己超世的情懷。

7　窮巷：深僻的里巷。虛牖：空寂的窗。

8　疏勒出飛泉：漢耿恭戍守疏勒（今屬新疆），匈奴阻絕澗水。耿恭於城中穿井十五丈而水不可得。恭仰天長歎，向井拜禱，泉水湧出。潁川空使酒：漢灌夫，潁川人，爲人剛直，因借酒使性，於武安侯座上罵臨川侯，罪至族。

9　賀蘭山：在今寧夏西北與內蒙古交界處。羽檄：上插羽毛的軍中文書，插羽表示緊急。

10　三河：指今河南洛陽黃河南北一帶。五道出將軍：將軍分五路出兵。

11　鐵衣：用鐵片連綴成的護身鎧甲。星文：指古寶劍上的七星圖文。

12　燕弓：燕地產的弓，以堅勁著稱。越甲鳴吾君：謂以君主煩憂或受驚擾爲恥。典出《說苑·立節篇》。

13　雲中守：漢魏尚曾爲雲中（今蒙古托克托）守，匈奴懼之，因小有錯失，即被革職不用。後由馮唐力薦，才從新獲得任用。

桃　源　行

漁舟逐水愛山春，兩岸桃花夾古津。[1]

坐看紅樹不知遠，行盡青溪忽值人。

山口潛行始隈隩，山開曠望旋平陸。[2]

遙看一處攢雲樹，[3] 近入千家散花竹。

樵客初傳漢姓名，居人未改秦衣服。

居人共住武陵源，還從物外起田園。[4]

月明松下房櫳靜，[5] 日出雲中鷄犬喧。

驚聞俗客爭來集，競引還家問都邑。[6]

平明閭巷掃花開，[7] 薄暮漁樵乘水入。

初因避地去人間，更問神仙遂不還。

峽裡誰知有人事，世中遙望空雲山。

不疑靈境難聞見，[8] 塵心未盡思鄉縣。

出洞無論隔山水，辭家終擬長遊衍。[9]

自謂經過舊不迷，安知峰壑今來變！

當時只記入山深，青溪幾度到雲林。

春來遍是桃花水，[10] 不辨仙源何處尋！

【注釋】

　1　逐水：言沿水而行。古津：古渡口。

　2　隈隩：曲折幽深的山坳溪岸。曠望：視野開闊。旋：隨即。

　3　攢雲樹：樹木叢集，掩映在雲中。

　4　武陵源：即桃花源。陶淵明《桃花源記》所擬設的理想世界。武陵郡治（今湖南桃源）有桃源，傳即為《桃花源記》所寫之處。物外：世外。

　5　房櫳：窗櫳。這裡泛指房屋。

　6　俗客：指武陵漁人。都邑：國都城邑。代指朝政世事。

　7　平明：猶黎明。閭巷：里巷，鄉里。掃花徑，以示對來客的歡迎。開：開門。

　8　靈鏡：猶仙鏡。這裡指桃花源。

　9　遊衍：從容恣意地遊逛。

　10　桃花水：謂桃花開時化冰下雨交匯的春水。

李　白

蜀　道　難

噫吁嚱，危乎高哉！蜀道之難難於上青天。[1]蠶叢、魚鳧，開國何茫然？[2]爾來四萬八千歲，[3]不與秦塞通人煙。西當太白有鳥道，可以橫絕峨眉巔。[4]地崩山摧壯士死，然後天梯石棧方鈎連。[5]上有六龍回日之高標，下有衝波逆折之回川。[6]黃鶴之飛尚不得過，猿猱欲度愁攀援。[7]青泥何盤盤，百步九折縈岩巒。[8]捫參歷井仰脅息，以手撫膺坐長歎。[9]問君西遊何時還，畏途巉岩不可攀。[10]但見悲鳥號古木，雄飛雌從繞林間。又聞子規啼，[11]夜月愁空山。蜀道之難難於上青天，使人聽此凋朱顏。[12]連峰去天不盈尺，枯松倒掛倚絕壁。飛湍瀑流爭喧豗，砯崖轉石萬壑雷。[13]其險也若此，嗟爾遠道之人胡爲乎來哉？劍閣崢嶸而崔嵬，[14]一夫當關，萬夫莫開。所守或匪親，化爲狼與豺。朝避猛虎，夕避長蛇。磨牙吮血，殺人如麻。錦城雖云樂，[15]不如早還家。蜀道之難難於上青天，側身西望長咨嗟！[16]

【注釋】

1　噫吁嚱：蜀人的驚歎聲。蜀道：指由秦入蜀的道路。

2　蠶叢、魚鳧：皆傳說中的蜀王名。茫然：杳渺難尋。

3　爾來：自那時起。指蜀開國以來。

4　太白：秦嶺主峰，在今陝西太白。鳥道：言山道險峻，只有飛鳥才能穿越。橫絕：橫度，橫越。

5　"地崩"句：據《華陽國志》，蜀有五丁壯士，一日山崩同被壓殺。石棧：棧道。在山崖鑿石架木建成的通道。

6　六龍：神話傳說，日神所乘車駕以六龍。回日：使日神回車。高標：高聳的山峰。回川：曲折迴旋的河流。

7　猿猱：泛指猿類。

8　青泥：指青泥嶺。在陝西略陽西北。盤盤：山路盤旋迂曲的樣子。縈岩巒：在山岩峰巒間縈繞。

9　捫參歷井：參、井皆星宿名，此形容山勢高險，人在山上可以撫摸星辰。脅息：斂氣屏息。撫膺：撫胸。

10　西遊：蜀在秦的西南，因稱入蜀爲西遊。巉岩：險峻的山岩。

11　子規：即杜鵑，傳爲蜀帝杜宇魂魄所化。

12　此：代指杜鵑鳥的悲鳴。凋朱顏：使青春的容顏衰老。

13　喧豗（huī 灰）：形容轟響的水聲。砯（pēng 烹）：水擊岩石的聲音。

14　崢嶸而崔嵬：形容高峻奇險。

15　錦城：錦官城。今四川成都。

16　咨嗟：歎息。

長 相 思 (二首)

　　長相思，在長安。絡緯秋啼金井闌，微霜淒淒簟色寒。[1] 孤燈不明思欲絕，捲帷望月空長歎。[2] 美人如花隔雲端，上有青冥之高天，下有淥水之波瀾。[3] 天長路遠魂飛苦，夢魂不到關山難。長相思，摧心肝。[4]

【注釋】

1　絡緯：又名莎雞，俗稱紡織娘。金井闌：精美的水井圍欄。簟色寒：謂竹蓆透着涼意。
2　帷：指窗簾，門簾。
3　青冥：形容天的高遠，或代指天。淥水：清澈的水。
4　摧：傷。

其　二

　　日色欲盡花含煙，月明如素愁不眠。[1] 趙瑟初停鳳凰柱，蜀琴欲奏鴛鴦絃。[2] 此曲有意無人傳，願隨春風寄燕然，憶君迢迢隔青天。昔時橫波目，今作流淚泉。不信妾腸斷，歸來看取明鏡前。

行 路 難

　　金樽清酒斗十千，玉盤珍饈值萬錢。[1]停杯投箸不能食，拔劍四顧心茫然。欲渡黃河冰塞川，將登太行雪滿山。閒來垂釣碧溪上，忽復乘舟夢日邊。行路難，行路難。多歧路，今安在？長風破浪會有時，[2]直掛雲帆濟滄海。

將 進 酒

　　君不見黃河之水天上來，奔流到海不復回。君不見高堂明鏡悲白髮，朝如青絲暮成雪。人生得意須盡歡，莫使金樽空對月。天生我材必有用，千金散盡還復來。烹羊宰牛且爲樂，會須一飲三百杯。[1] 岑夫子，丹丘生，[2] 將進酒，君莫停。與君歌一曲，請君爲我傾耳聽。鐘鼓饌玉不足貴，[3] 但願長醉不用醒。古來聖賢皆寂寞，惟有飲者留其名。陳王昔時宴平樂，[4] 斗酒十千恣歡謔。主人何爲言少錢，徑須沽取對君酌。[5] 五花馬，千金裘，呼兒將出換美酒，與爾同銷萬古愁。[6]

【注釋】

1　會須：應當。

2　岑夫子：詩人的一位隱居朋友。一說名勳。丹丘生：元丹丘，隱居不仕，與詩人交好。

3　鐘鼓：泛指音樂。饌玉：泛指美食。

4　陳王：曹植。曹操子，曾被封爲陳王。平樂：觀名，故址在今河南洛陽城西。

5　徑須：直須，猶只管。沽取：指買酒，取字語詞，無義。

6　將出：拿出。

杜 甫

兵 車 行

車轔轔，馬蕭蕭，行人弓箭各在腰。[1]爺娘妻子走相送，塵埃不見咸陽橋。[2]牽衣頓足攔道哭，哭聲直上干雲霄。[3]道旁過者問行人，行人但云點行頻。[4]或從十五北防河，便至四十西營田。[5]去時里正與裹頭，[6]歸來頭白還戍邊。邊庭流血成海水，武皇開邊意未已。[7]君不聞漢家山東二百州，千村萬落生荊杞。[8]縱有健婦把鋤犁，禾生隴畝無東西。況復秦兵耐苦戰，[9]被驅不異犬與雞。長者雖有問，[10]役夫敢申恨？且如今年冬，[11]未休關西卒。縣官急索租，租稅從何出？信知生男惡，反是生女好。生女猶得嫁比鄰，生男埋沒隨百草。君不見青海頭，古來白骨無人收。新鬼煩冤舊鬼哭，天陰雨濕聲啾啾。[12]

1 轔轔：車行的聲音。蕭蕭：馬鳴的聲音。行人：此指發征南詔的士兵。

2 咸陽橋：故址在今咸陽南。

3 干：猶沖。

4 點行：按名冊強徵服役。

5 四十：與上“十五”皆指年齡。營田：即屯田。利用士兵耕種，以供軍餉。

6 里正：里長。古時鄉官。與裹頭：言其以巾束髮。言征人年少。

7 武皇：漢武帝劉徹。此借指唐玄宗。

8 山東：指華山以東地區。二百州：猶言衆多州縣。二百是約數。荊杞：野生灌木。言田園荒蕪。

9 秦兵：與下“關西卒”皆指關中徵發的士卒。

10 長者：征夫對詩人的尊稱。

11 且如：就像。

12 啾啾：象聲詞。狀凄切尖細的鬼哭聲。

麗 人 行

三月三日天氣新，長安水邊多麗人。¹態濃意遠淑且真，肌理細膩骨肉勻。²繡羅衣裳照暮春，蹙金孔雀銀麒麟。³頭上何所有？翠為匎葉垂鬢唇。⁴背後何所見？珠壓腰衱穩稱身。⁵就中雲幕椒房親，賜名大國虢與秦。⁶紫駝之峰出翠釜，水精之盤行素鱗。⁷犀箸厭飫久未下，鸞刀縷切空紛綸。⁸黃門飛鞚不動塵，

106

御厨絡繹送八珍。[9]蕭管哀吟感鬼神，賓從雜遝實要津。[10]後來鞍馬何逡巡，當軒下馬入錦茵。[11]楊花雪落覆白蘋，青鳥飛去啣紅巾。[12]炙手可熱勢絕倫，慎莫近前丞相嗔。

【注釋】

1 三月三：上巳節。古俗以是日潔於水以祓除不祥。水邊：指長安東南曲江邊。麗人：這裡指出遊的貴婦人。

2 態濃意遠：姿色穠艷，神情高雅。骨肉勻：身材勻稱，胖瘦適中。

3 蹙：刺繡的一種，繡時撚緊線使緊密勻貼。

4 翠為：用翡翠做成。一作"翠微"。匈（è 厄）葉：古代婦女髮髻上的花飾。鬢脣：鬢角邊。

5 腰衱：裙帶。

6 就中：其中。雲幕：輕柔如雲的帳幕。椒房：以花椒子和泥塗壁的房屋。後妃所居。虢與秦：楊貴妃兩個姐姐的封號。

7 紫駝：單峰駱駝，出西域。翠釜：華美的鼎鍋。水精：水晶。行：排列着。素鱗：潔白的魚片。

8 犀箸：用犀牛角製成的筷子。厭飫：吃飽，吃膩。鸞刀：環上飾有小鈴的刀，割肉時用。縷切：細切。空紛綸：白白忙碌一場。

9 黃門：指宦官，太監。飛鞚：策馬飛奔。八珍：泛指精美的飲食。

10 哀吟：謂曲調纏綿婉轉。賓從：賓客和隨從。雜遝：紛亂眾多的樣子。

11 後來鞍馬：最後騎馬來的人。指楊國忠。逡巡：急速的樣子。錦茵：錦繡地毯。

107

12　楊花雪落：此暗示楊國忠與虢國夫人堂兄妹淫亂
事。暗用楊華魏太后事，見《梁書》。青鳥：傳說中的神鳥，
後用作信使的代稱。紅巾：紅色巾帕，婦人所用。此亦隱示
楊國忠與虢國夫人事。

哀 江 頭

少陵野老吞聲哭，春日潛行曲江曲。[1]
江頭宮殿鎖千門，細柳新蒲爲誰綠？
憶昔霓旌下南苑，[2] 苑中萬物生顏色。
昭陽殿裡第一人，[3] 同輦隨君侍君側。
輦前才人帶弓箭，[4] 白馬嚼嚙黃金勒。
翻身向天仰射雲，一笑正墜雙飛翼。
明眸皓齒今何在？血污遊魂歸不得。
清渭東流劍閣深，去住彼此無消息。
人生有情淚霑臆，[5] 江草江花豈終極？
黃昏胡騎塵滿城，[6] 欲往城南望城北。

【注釋】
　　1　少陵野老：詩人杜甫自稱。曲江：苑名。即曲江池，
在今陝西西安東南。
　　2　霓旌：帝王儀仗中的五色羽毛旗。南苑：即芙蓉苑，
故址在今陝西西安東南。
　　3　昭陽殿：漢宮殿名，趙飛燕所居。
　　4　才人：宮中女官名。

哀王孫

長安城頭頭白烏，　夜飛延秋門上呼。[1]
又向人家啄大屋，　屋底達官走避胡。[2]
金鞭折斷九馬死，　骨肉不得同馳驅。[3]
腰下寶玦青珊瑚，[4] 可憐王孫泣路隅。
問之不肯道姓名，　但道困苦乞為奴。[5]
已經百日竄荊棘，　身上無有完肌膚。
高帝子孫盡隆准，[6] 龍種自與常人殊。
豺狼在邑龍在野，[7] 王孫善保千金軀。
不敢長語臨交衢，　且為王孫立斯須。[8]
昨夜東風吹血腥，　東來橐駝滿舊都。[9]
朔方健兒好身手，　昔何勇銳今何愚！
竊聞天子已傳位，　聖德北服南單于。
花門剺面請雪恥，　慎勿出口他人狙。[10]
哀哉王孫慎勿疏，　五陵佳氣無時無。

【注釋】

1 延秋門：唐宮西城的南門。
2 胡：指安祿山的軍隊。
3 九馬：漢文帝有九匹良馬，後遂用以泛指良馬。骨

109

肉：喻指至親的親人。

4　玦：環形而缺口的玉佩。

5　但道：只說。

6　隆准：高鼻梁。傳漢高祖劉邦"隆准"，有眞龍天子像。

7　豺狼在邑：指安祿山叛軍盤踞長安。

8　交衢：城外交通要道。斯須：須臾，一會兒。

9　橐駝：駱駝。舊都：指長安。

10　花門：山名。爲回紇佔領，因以爲回紇的代稱。勢面：以刀劃面。回紇人習慣以此表示誠心。狙：伺察，窺伺。

卷四　五言律詩

唐 玄 宗

　　唐玄宗（685—762），睿宗李旦之子，名隆基。始封楚王，後爲臨淄郡王，遷衛尉少卿潞州別駕。入朝平韋后之亂，擁立睿宗，爲皇太子。繼皇帝位。初任賢授能、革除弊政，發展經濟，使唐朝進入全盛時期，號稱"開元之治"。晚年任用權奸，沉溺聲色，致有安史之亂，播遷入蜀，爲肅宗所代，被尊太上皇。雖爲國君，卻多才多藝，善音樂，亦喜愛詩歌，所作詩多五言古體，富於文采。

經魯祭孔子而歎之

夫子何爲者？棲棲一代中。[1]
地猶鄹氏邑，宅即魯王宮。[2]
歎鳳嗟身否，傷麟怨道窮。[3]
今看兩楹奠，[4]當與夢時同。

【注釋】

1　棲棲：奔走勞碌。指孔子以儒術游說諸侯。

2　鄹：魯邑，在今山東曲阜。孔子父定居於此。魯王宮：傳漢魯共王劉餘曾壞孔子舊宅，以廣其宮。

3　歎鳳：謂孔子感歎生不逢時。典出《論語·子罕》。否（pi 痞）：不通達，命運不好。傷麟：與“歎鳳”意同。典出《孔叢子》。

4　兩楹：指殿堂中間。孔子曾夢坐奠於兩楹之間。見《禮記·檀弓》。

張 九 齡

望月懷遠

海上生明月，天涯共此時。
情人怨遙夜，竟夕起相思。[1]
滅燭憐光滿，披衣覺露滋。
不堪盈手贈，[2]還寢夢佳期。

【注釋】
  1 竟夕：整夜。
  2 盈手：滿握。

王　勃

　　王勃（650—676），字子安，絳州龍門（今山西河津）人。少有"神童"之稱，博學多才。十五歲舉幽素科，授朝散郎。後爲沛王府侍讀，因戲作鬥英王雞檄文，觸怒高宗，斥逐出府。遂南遊巴蜀，漂泊西南。返長安後，補虢州參軍，因事免官，其父亦受累貶交趾令。赴交趾省親，渡海墮水，受驚而死。善爲文，與楊炯、盧照鄰、駱賓王齊名，時稱"四傑"。後人評其詩，亦列初唐四傑之首。所作詩清新流暢，質樸自然，是新舊詩風過渡的標誌。

杜少府之任蜀州

城闕輔三秦，風煙望五津。[1]
與君離別意，同是宦遊人。[2]
海內存知己，天涯若比鄰。
無爲在歧路，[3]兒女共霑巾。

【注釋】

　　1　城闕：指長安的城郭宮闕。輔：衛護，屛藩。三秦：泛指當時長安附近京畿之地。五津：岷江的五大津渡。此借以指蜀地。

　　2　宦遊人：爲仕宦而離家外出的人。

　　3　歧路：岔路。指分手處。

駱賓王

駱賓王（約 640—684 以後），婺州義烏（今屬浙江）人。七歲能詩，號稱“神童”。早年喪父，家境窮困。龍朔初，道王李元慶闢爲府屬。後拜奉禮郎，曾從軍西域，又入蜀從征雲南。返京後，任武功主簿，轉明堂主簿，遷侍御史。被誣入獄，遇赦後出爲臨海丞。爲徐敬業草討武曌檄文，討武兵敗，逃亡不知所終。其爲五律，精工整煉，不在沈、宋之下，尤擅七言長歌，排比鋪陳，圓熟流轉，或被譽爲“絕唱”。

在獄咏蟬並序

余禁所禁垣西，是法廳事也，[1] 有槐數株焉。雖生意可知，同殷仲文之古樹；[2] 而聽訟斯在，即周召伯之甘棠。[3] 每至夕照低陰，秋蟬疏引，發聲幽息，有切嘗聞。[4] 豈人心異於曩時，[5] 將蟲響悲於前聽？嗟乎！聲以動容，德以象賢。故潔其身也，稟君子達人之高行。蛻其皮也，有仙都羽化之靈姿。候時而來，順陰陽之數；[6] 應節爲變，寄藏用之機。[7] 有目斯開，不以道昏而昧其視；有翼自薄，不以俗厚而易其眞。吟喬樹之微風，[8] 韻姿天縱；飲高秋之墜露，清畏人知。僕失路艱虞，遭時徽纆，[9] 不哀傷而自怨，未搖落而先衰。聞蟪蛄之流聲，悟平反之已奏；見螳螂之抱影，怯危機之未安。感而綴詩，貽諸知己。庶情沿物應，哀弱羽之飄零；道寄人知，憫余聲之寂寞。非謂文墨，取代幽憂云爾。

115

西陸蟬聲唱，南冠客思深。[10]

不堪玄鬢影，來對白頭吟。[11]

露重飛難進，風多響易沉。

無人信高潔，誰爲表予心？

【注釋】

1 禁所：被囚之處。廳事：指中庭，受案聽訟的地方。

2 殷仲文：東晉時人，嘗見大司馬桓溫府中老槐樹而感歎：「此樹婆娑，無復生意」，借以發抒不得志的喟歎。

3 召伯：名奭，傳他巡行聽訟，就在甘棠樹下辦案。見《詩經‧召南‧甘棠》。

4 有切嘗聞：謂聲音比曾經聽過的更覺淒切。

5 曩時：前時，從前。

6 數：規律。

7 藏用之機：古代士人有「用之則行，捨之則藏」的人生理想。語出《論語‧述而》。此以蟬的生存狀態的變化比擬士人的理想。

8 喬樹：高樹。

9 僕：第一人稱的謙稱。艱虞：艱難憂患。徽纆：綁囚犯的繩索。這裡指遭囚禁。

10 西陸：日行西方白道。代指秋。南冠：指楚囚，後作囚犯的代稱。

11 玄鬢：古代婦女有蟬鬢之式，因借喻蟬。白頭：作者自稱。

116

杜審言

杜審言（645？—708？），字必簡，祖籍襄陽（今湖北襄樊），遷居洛州鞏縣（今屬河南）。咸亨初進士及第，授隰城尉，遷洛陽丞，因事貶吉州司戶參軍。武后時拜著作佐郎，遷膳部員外郎。中宗復辟，以其交通張易之，流放峰州。不久召還，爲國子監主簿，後爲修文館直學士，病逝。早年與李嶠、崔融、蘇味道一起被稱爲"文章四友"。其詩格律嚴謹，清新雄健，以此傲視同輩詩人，所以嫡孫杜甫自誇"吾祖詩冠古"。

和晋陵陸丞早春遊望

獨有宦遊人，偏驚物候新。
雲霞出海曙，[1]梅柳渡江春。
淑氣催黃鳥，[2]晴光轉綠蘋。
忽聞歌古調，[3]歸思欲霑巾。

【注釋】

1　海曙：海邊曙色。
2　淑氣：春日和暖之氣。
3　古調：謂陸丞的《早春遊望》典雅有古風。

沈佺期

　　沈佺期（656？—約714），字雲卿，相州內黃（今屬河南）人。青少年時代曾事漫遊，到過巴蜀荊湘。上元中進士及第，後任考功員外郎，預修《三教珠英》，任通事舍人，轉給事中。中宗復帝位，殺張易之，其幕僚被流放嶺南。經儋州，過交趾，達驩州流放地。遇赦量移台州錄事參軍。景龍中入修文館爲學士，作文學侍從。其詩多屬應制，帶六朝綺靡文風，然前期模山範水之作，及流放中感時傷懷之章，尚有骨力。與宋之問齊名，世稱“沈宋”。唐代五七言律體至沈宋而定型。

雜　詩

閒道黃龍戍，頻年不解兵。[1]
可憐閨裡月，長在漢家營。
少婦今春意，良人昨夜情。[2]
誰能將旗鼓，一爲取龍城。[3]

【注釋】
　　1　閒道：聽說。黃龍戍：即黃龍，在今遼寧朝陽。此指邊地。解兵：解除武裝，停止戰爭。
　　2　良人：古時妻子對丈夫的稱呼。

3　一爲：猶"一舉"。龍城：匈奴祭天會盟處，在今蒙古境內。

宋 之 問

宋之問（約656—712），又名少連，字延清，汾州（今
山西汾陽）人。一說虢州弘農（今河南靈寶）人。上元進
士，任職於洛陽宮中習藝館，改洛州參軍，轉尙方監丞。預
修《三敎珠英》。中宗復帝位，以其諂事張易之，貶爲瀧州
參軍。逃歸洛陽，依附武三思，得鴻臚主簿。後遷考功員外
郎，充修文館直學士。因受賄貶爲越州長史。睿宗即位，流
放欽州，後賜死於流所。詩與沈佺期齊名，稱"沈宋"。所
作詩聲律調諧，屬對工整。初唐律體至沈宋漸成定格，故於
詩歌形式的發展，有所貢獻。

題大庾嶺北驛

陽月南飛雁，[1] 傳聞至此回。
我行殊未已，何日復歸來。
江靜潮初落，林昏瘴不開。[2]
明朝望鄉處，應見隴頭梅。[3]

【注釋】

1　陽月：陰曆十月。

2　瘴：瘴氣，南方山林間濕熱易致病之氣。

3　隴頭梅：指大庾嶺南頭梅花。南暖故梅開。

王　灣

　　王灣（？—？），洛陽（今屬河南）人。先天（712—713）進士，開元初任滎陽主簿。後入麗正院參與《羣書四部錄》集部編撰，書成後任洛陽尉。其詩流傳不多，早年遊吳，作《江南意》，有"海日生殘夜，江春入舊年"警句，張燕公（說）手題於政事堂，引爲楷式，足見於當世影響之大。

次北固山下

客路青山下，行舟綠水前。
潮平兩岸闊，風正一帆懸。[1]
海日生殘夜，江春入舊年。[2]
鄉書何處達，歸雁洛陽邊。

【注釋】
　　1　風正：謂順風。
　　2　海日：太陽從海上升起，故稱。殘夜：夜色已殘。指天將破曉。舊年：過去的一年。言年未盡春已到。

常　建

破山寺後禪院

清晨入古寺，初日照高林。

曲徑通幽處，禪房花木深。

山光悅鳥性，潭影空人心。[1]

萬籟此俱寂，惟聞鐘磬音。[2]

【注釋】

1　人心：指人的各種慾念。

2　萬籟：泛指自然界各種聲響。鐘磬：佛教法器，唸經時敲打。

岑 參

寄左省杜拾遺

聯步趨丹陛，分曹限紫微。[1]
曉隨天仗入，[2]暮惹御香歸。
白髮悲花落，青雲羨鳥飛。
聖朝無闕事，[3]自覺諫書稀。

【注釋】

    1 趨：小步快行。古人用以示敬的動作。丹陛：宮殿前塗成紅色的台階。曹：官署。紫微：指中書省。詩人時為中書省屬吏。

    2 天仗：天子的儀仗。

    3 闕：指朝政的過失。

李　白

贈孟浩然

吾愛孟夫子，風流天下聞。[1]
紅顏棄軒冕，白首臥松雲。[2]
醉月頻中聖，迷花不事君。[3]
高山安可仰，徒此揖清芬。[4]

【注釋】

1　夫子：古時對男子的敬稱。風流：超逸瀟灑的品格風度。

2　紅顏：指青春年少時。軒冕：車乘冕服。借指官位爵祿。臥松雲：臥於松下雲間。指隱居。

3　醉月：沉醉於月色之中。中聖：醉酒。古以清酒為聖人，濁酒為賢人。迷花：迷戀於花間。

4　清芬：指高尚的風範、節操。

渡荊門送別

遠渡荊門外，[1] 來從楚國遊。

山隨平野盡，江入大荒流。

月下飛天鏡，雲生結海樓。²

仍憐故鄉水，³萬里送行舟。

【注釋】

1　荊門：山名，在今湖北長江之濱。

2　海樓：海市蜃樓。光折射產生的虛幻景象。

3　故鄉水：指長江水。詩人早年住在長江上游四川。

送　友　人

青山橫北郭，¹白水繞東城。

此地一為別，孤蓬萬里征。²

浮雲游子意，落日故人情。

揮手自茲去，蕭蕭班馬鳴。³

【注釋】

1　郭：外城，在城的外圍加築的一道城牆。

2　一：助詞，加強語氣。蓬：一種枯後遇風飛旋的草。借指遊人。

3　茲：此，現在。班馬：離別之馬。

聽蜀僧濬彈琴

蜀僧抱綠綺，¹西下峨眉峰。

爲我一揮手，[2] 如聽萬壑松。

客心洗流水，遺響入霜鐘。[3]

不覺碧山暮，秋雲暗幾重。

【注釋】

    1　綠綺：古名琴，傳爲司馬相如所有。

    2　揮手：指撥動琴絃。

    3　流水：古琴曲，傳爲伯牙所奏。霜鐘：傳豐山有鐘，霜降則鳴，故稱。

夜泊牛渚懷古

牛渚西江夜，[1] 青天無片雲。

登舟望秋月，空憶謝將軍。[2]

余亦能高詠，斯人不可聞。

明朝掛帆去，[3] 楓葉落紛紛。

【注釋】

    1　西江：唐人多稱西來長江爲西江。

    2　謝將軍：指東晉謝尙。鎮守牛渚曾識拔袁宏。

    3　掛帆去：謂乘船而去。

杜　甫

春　望

國破山河在，城春草木深。

感時花濺淚，恨別鳥驚心。

烽火連三月，[1] 家書抵萬金。

白頭搔更短，渾欲不勝簪。[2]

【注釋】

1　烽火：古時報警的煙火。此指戰爭。三月：言時間很長，非確指。

2　白頭：指白髮。渾：簡直。不勝簪：言頭髮少得連簪子都插不上。

月　夜

今夜鄜州月，[1] 閨中只獨看。

遙憐小兒女，未解憶長安。

香霧雲鬟濕，清輝玉臂寒。[2]

127

何時倚虛幌，雙照淚痕乾。[3]

【注釋】

1　鄜州：今陝西富縣。詩人的妻子時在鄜州。

2　雲鬟：指婦女烏黑的髮鬢。清輝：清冷的月光。

3　虛幌：薄可透光的帷帳。雙照：謂月光同照詩人及妻子。

春宿左省

花隱掖垣暮，[1] 啾啾棲鳥過。

星臨萬戶動，月傍九霄多，

不寢聽金鑰，因風想玉珂。[2]

明朝有封事，[3] 數問夜如何？

【注釋】

1　掖垣：指門下省。在禁宮左，故稱。

2　金鑰：此指用鑰匙開啟宮門的聲音。珂：馬勒上的飾物。馬行相擊則響，稱鳴珂。

3　封事：密封的奏章。

至德二載，甫自京金光門出，間道歸鳳翔。乾元初，從左拾遺移華州掾，與親故別，因出此門，有悲往事

此道昔歸順，　西郊胡正繁。[1]
至今猶破膽，　應有未招魂。
近侍歸京邑，　移官豈至尊？[2]
無才日衰老，　駐馬望千門。[3]

【注釋】

1　此道：指出金光門至華州的道路。胡：指安祿山的軍隊。

2　近侍：侍從官，時詩人任左拾遺。京邑：京城。指長安。豈至尊：豈是出自皇帝之意。有正話反說，發牢騷的意思。

3　千門：代指宮殿。宮內千門萬戶，故稱。

月夜憶舍弟

戍鼓斷人行，　邊秋一雁聲。[1]
露從今夜白，　月是故鄉明。
有弟皆分散，　無家問死生。[2]
寄書長不達，　況乃未休兵！

1 戍鼓：戍樓上的更鼓。邊秋：邊塞的秋天。一作"秋邊"。

2 無家：謂兄弟分散，家不成家。

天末懷李白[1]

凉風起天末，君子意如何？[2]
鴻雁幾時到，江湖秋水多。
文章憎命達，魑魅喜人過。[3]
應共冤魂語，投詩贈汨羅。[4]

【注釋】

1 天末：猶天邊。

2 君子：指李白。

3 魑魅：泛指鬼怪。喻奸邪小人。

4 汨羅：水名，在湖南東北部。屈原自沉於此。

奉濟驛重送嚴公四韻[1]

遠送從此別，青山空復情。
幾時杯重把，昨夜月同行。
列郡謳歌惜，三朝出入榮。[2]
江村獨歸去，寂寞養殘生。

【注釋】

1　嚴公：指嚴武。

2　列郡：指東西川各郡縣。嚴武在此任節度使。三朝：嚴武在玄宗、肅宗、代宗三朝爲官。出入榮：言其進出朝廷，迭爲高官。

別房太尉墓[1]

他鄉復行役，[2]　駐馬別孤墳。

近淚無乾土，低空有斷雲。

對棋陪謝傅，把劍覓徐君。[3]

唯見林花落，鶯啼送客聞。

【注釋】

1　房太尉：房琯。唐玄宗時拜相，死後贈太尉。

2　復行役：一再爲公務仕宦而外出奔波。

3　謝傅：謝安，東晉名將，拜太傅，喜下棋。徐君：用季札掛劍徐君墓樹事，以弔房琯。見《新序‧節士》。

旅夜書懷

細草微風岸，危檣獨夜舟。[1]

星臨平野闊，月湧大江流。

名豈文章著，官因老病休。

飄飄何所似，天地一沙鷗。[2]

【注釋】

1　危檣：船上高聳的桅杆。

2　飄飄：四處飄零的樣子。沙鷗：棲息於沙洲上的鷗鳥。用以自喻。

登岳陽樓

昔聞洞庭水，今上岳陽樓。

吳楚東南坼，乾坤日夜浮。[1]

親朋無一字，老病有孤舟。

戎馬關山北，憑軒涕泗流。[2]

【注釋】

1　吳楚：兩古國名，約吳在洞庭東，楚在其西。坼：分裂。言吳楚被洞庭湖分開。乾坤：宇宙，天地。

2　關山北：北國關隘山嶺。時西北未平。憑軒：倚窗。

王　維

輞川閒居贈裴秀才迪

寒山轉蒼翠，秋水日潺湲。[1]

倚杖柴門外，臨風聽暮蟬。

渡頭餘落日，墟里上孤煙。[2]

復值接輿醉，狂歌五柳前。[3]

【注釋】

　　1　潺湲：水流徐緩的樣子。

　　2　墟里：村落。孤煙：直升的炊煙。

　　3　接輿：春秋時楚隱士。代指裴迪。五柳：五柳先生，指陶淵明。此詩人自比。

山居秋暝

空山新雨後，天氣晚來秋。

明月松間照，清泉石上流。

竹喧歸浣女，[1]蓮動下漁舟。

隨意春芳歇，² 王孫自可留。

【注釋】

1　浣女：洗衣服的女子。

2　隨意：猶任憑。歇：盡，乾枯凋零。

歸嵩山作

清川帶長薄，車馬去閑閑。¹

流水如有意，暮禽相與還。

荒城臨古渡，落日滿秋山。

迢遞嵩山下，歸來且閉關。²

【注釋】

1　薄：草木交錯曰薄。閑閑：悠閑的樣子。

2　迢遞：形容遙遠。且閉關：佛家閉居靜修。這裡有閉門謝客意。

終南山

太乙近天都，連山到海隅。¹

白雲回望合，青靄入看無。²

分野中峰變，陰晴眾壑殊。

欲投人處宿，³ 隔水問樵夫。

酬張少府

晚年惟好靜，萬事不關心。

自顧無長策，空知返舊林。[1]

松風吹解帶，[2] 山月照彈琴。

君問窮通理，漁歌入浦深。

過香積寺

不知香積寺，數里入雲峰。

古木無人徑，深山何處鐘？

泉聲咽危石，[1] 日色冷青松。

薄暮空潭曲，安禪制毒龍。[2]

【注釋】

　　1　咽危石：謂山泉在山石間發出幽咽的聲音。

　　2　安禪：僧人打坐入定稱安禪。毒龍：佛家以毒龍比喻邪念妄心。

送梓州李使君

萬壑樹參天，千山響杜鵑。

山中一夜雨，樹杪百重泉。[1]

漢女輸橦布，巴人訟芋田。[2]

文翁翻教授，[3] 不敢倚先賢。

【注釋】

　　1　樹杪：樹梢。

　　2　橦布：橦樹花纖維織成的布。產梓州一帶。巴：古國名，故都在今四川重慶。芋田：蜀中盛產芋魁，當時爲主糧之一。

　　3　文翁：漢景時蜀郡守。在蜀設學，興教化。翻：翻然改圖。

漢江臨眺

楚塞三湘接，荊門九派通。[1]

江流天地外，山色有無中。

郡邑浮前浦，波瀾動遠空。

襄陽好風日，留醉與山翁。[2]

【注釋】

1　楚塞：楚國邊陲。三湘：湘水，合瀟、烝、沅三水，稱三湘。荊門：荊門山。九派：長江至潯陽分爲九支。

2　襄陽：襄陽郡治所，在今襄樊漢水南。山翁：山簡，山濤之子，晉人，曾鎮守襄陽。

終南別業

中歲頗好道，晚家南山陲。

興來每獨往，勝事空自知。[1]

行到水窮處，坐看雲起時。

偶然值林叟，談笑無還期。[2]

【注釋】

1　勝事：美好的事情。

2　值：逢，遇。無還期：不知歸期。極言談笑之忘懷。

孟 浩 然

臨洞庭上張丞相

八月湖水平，涵虛混太清。¹
氣蒸雲夢澤，²波撼岳陽城。
欲濟無舟楫，端居恥聖明。³
坐觀垂釣者，徒有羨魚情。⁴

【注釋】

1　涵虛：謂天空倒映水中。混太清：與天空混為一體。謂水天一色。

2　雲夢澤：古澤藪名，故址在今湖北安陸一帶。

3　端居：指閒居無事，伏處草野。

4　羨魚情：這裡詩人借以表達自己出仕的願望。典出《淮南子·說林訓》。

與諸子登峴山

人事有代謝，¹往來成古今。
江山留勝蹟，²我輩復登臨。

水落魚梁淺，³ 天寒夢澤深。
羊公碑尚在，⁴ 讀罷淚霑襟。

【注釋】

1　代謝：新舊交替。
2　勝蹟：名勝古蹟。指下文羊公碑。
3　魚梁：魚梁洲，在漢水中。
4　羊公碑：在湖北襄陽之南峴山上，爲紀念西晉名將羊祜而立。

宴梅道士山房

林臥愁春盡，搴帷覽物華。¹
忽逢青鳥使，邀入赤松家。²
金竈初開火，仙桃正發花。³
童顏若可駐，何惜醉流霞。⁴

【注釋】

1　搴：揭。
2　青鳥：傳說中的神鳥，後用爲信使的代稱。赤松：赤松子，傳說中的仙人。此指梅道士。
3　金竈：道家煉丹的丹爐。仙桃：傳說中的仙果，食之可延年益壽。
4　流霞：仙酒名。飲之可駐顏。

歲暮歸南山

北闕休上書，南山歸敝廬。[1]

不才明主棄，多病故人疏。

白髮催年老，青陽逼歲除。[2]

永懷愁不寐，松月夜窗虛。[3]

【注釋】

　　1　北闕：宮殿的北門樓。唐代北闕為大臣朝見或上書奏事之所。南山：指峴山。敝廬：簡陋的居所。

　　2　青陽：春天。

　　3　虛：空寂。

過故人莊

故人具雞黍，[1] 邀我至田家。

綠樹村邊合，青山郭外斜。[2]

開軒面場圃，[3] 把酒話桑麻。

待到重陽日，還來就菊花。[4]

【注釋】

　　1　具：備辦，預備。雞黍：泛指待客的飯菜。

　　2　合：環繞。郭：外城。

秦中寄遠上人[1]

一丘常欲臥，三徑苦無資。[2]
北土非吾願，東林懷我師。[3]
黃金燃桂盡，壯志逐年衰。
日夕涼風至，聞蟬但益悲。

【注釋】

1 上人：對僧人的尊稱。
2 三徑：指退隱者的家園。典出《三輔決錄·逃名》。
3 東林：指東林寺。在廬山北麓。

宿桐廬江寄廣陵舊遊

山暝聽猿愁，滄江急夜流。[1]
風鳴兩岸葉，月照一孤舟。
建德非吾土，維揚憶舊遊。[2]
還將兩行淚，遙寄海西頭。[3]

【注釋】

1 暝：昏暗。滄江：泛稱江。江水呈青蒼色，故稱。

2　建德：縣名，今屬浙江。維揚：揚州的別稱。

3　海西頭：指揚州。揚州近海，故稱。

留別王維

寂寂竟何待，朝朝空自歸。

欲尋芳草去，惜與故人違。[1]

當路誰相假？[2] 知音世所稀。

只應守寂寞，還掩故園扉。

【注釋】

1　違：指分離。

2　當路：居政府要職者，當權者。假：憑藉，依賴。

早寒有懷

木落雁南度，北風江上寒。

我家襄水曲，遙隔楚雲端。[1]

鄉淚客中盡，孤帆天際看。

迷津欲有問，平海夕漫漫。[2]

【注釋】

1　襄水曲：襄水曲折處。指襄陽。楚：襄陽古屬楚地。

2　津：渡口。傳孔子周遊迷津，使子路問焉。平海：江面平闊。

劉 長 卿

　　劉長卿（709？—790？），字文房，郡望河間（今屬河北），籍貫宣城（今屬安徽）。青少年讀書於嵩陽，天寶中進士及第。肅宗至德年間任監察御史，後爲長洲尉，因事貶潘州南巴尉。上元東遊吳越。代宗大曆中以檢校祠部員外郎爲轉運使判官，任淮西鄂岳轉運留後，被誣貪贓，貶爲睦州司馬。德宗朝任隨州刺史，叛軍李希烈攻隨州，棄城出走，復遊吳越，終於貞元六年之前。其詩氣韻流暢，意境幽深，婉而多諷，以五言擅長，自詡爲“五言長城”。

秋日登吳公台上寺遠眺[1]

古台搖落後，[2] 秋入望鄉心。

野寺人來少，雲峰水隔深。

夕陽依舊壘，[3] 寒磬滿空林。

惆悵南朝事，[4] 長江獨至今。

【注釋】

1　吳公台：在今揚州北。

2　搖落：零落，凋落。指秋來草木衰謝。

3　舊壘：指吳公台。

4　南朝：指宋齊梁陳四個朝代。

送李中丞歸漢陽別業

流落征南將，曾驅十萬師。
罷歸無舊業，老去戀明時。[1]
獨立三邊靜，[2] 輕生一劍知。
茫茫江漢上，日暮欲何之！[3]

【注釋】
1　明時：承平盛世。
2　三邊：泛指邊地。
3　江漢：泛指江上。何之：到何處去。

餞別王十一南遊

望君煙水闊，揮手淚霑巾。
飛鳥沒何處，[1] 青山空向人。
長江一帆遠，落日五湖春。[2]
誰見汀洲上，相思愁白蘋。[3]

【注釋】
1　飛鳥：喻指王十一。
2　五湖：指太湖。
3　汀洲：水中小洲。白蘋：水草名，花白色。

144

尋南溪常道士

一路經行處，莓苔見屐痕。[1]
白雲依靜渚，[2] 青草閉閒門。
過雨看松色，隨山到水源。
溪花與禪意，相對亦忘言。

【注釋】
1　屐：木製的鞋。底有齒，古人着屐登山。
2　渚：水中小洲。

新 年 作

鄉心新歲切，天畔獨潸然。[1]
老至居人下，春歸在客先。[2]
嶺猿同旦暮，[3] 江柳共風煙。
已似長沙傅，[4] 從今又幾年？

【注釋】
1　潸然：流淚的樣子。
2　客：詩人自指。
3　嶺：指五嶺。作者時貶潘州南巴，過此嶺。
4　長沙傅：指賈誼。曾為長沙王太傅。

錢　起

錢起（715？—780），字仲文，吳興（今屬浙江）人。天寶九載中進士，授秘書省校書郎。肅宗朝任藍田尉。代宗大曆中任司勳員外郎、司封郎中，官至考功員外郎。爲“大曆十才子”之一，詩與郎士元並稱，即所謂“錢郎”。時人評其詩“體格新奇，理致清淡”，然內容單薄，類多應酬之作，詩風至此一變。

送僧歸日本

上國隨緣住，[1] 來途若夢行。

浮天滄海遠，去世法舟輕。

水月通禪寂，魚龍聽梵聲。[2]

惟憐一燈影，[3] 萬里眼中明。

【注釋】

1　上國：域外稱中國爲上國。

2　水月：佛家語，言世事人生如水月之虛幻。梵聲：誦經聲。

3　惟憐：獨愛。一燈：佛家言佛法如燈，一燈可燃百千燈。

谷口書齋寄楊補闕

泉壑帶茅茨，雲霞生薜帷。[1]
竹憐新雨後，山愛夕陽時。
閒鷺棲常早，秋花落更遲。
家童掃蘿徑，昨與故人期。

【注釋】

　　1　泉壑：泉水山壑。猶言山水。薜：薜荔，又稱木蓮，
常綠籐本植物。

韋應物

淮上喜會梁州故人

江漢曾為客，[1] 相逢每醉還。
浮雲一別後，流水十年間。[2]
歡笑情如舊，蕭疏鬢已斑。
何因不歸去，淮上對秋山。

【注釋】

1　江漢：指長江漢水流域。

2　浮雲：飄浮的雲彩。喻人生聚散無常。流水：喻時間的消逝。

賦得暮雨送李冑

楚江微雨裡，建業暮鐘時。[1]
漠漠帆來重，冥冥鳥去遲。[2]
海門深不見，浦樹遠含滋。[3]
相送情無限，霑襟比散絲。[4]

【注釋】

　　1　楚江：指長江。江流經楚地曰楚江。建業：今江蘇南京。孫權改秣陵爲建業。

　　2　漠漠：迷蒙的樣子。冥冥：形容高遠。指天空。

　　3　海門：海口，內河通海處。浦：水邊。

　　4　霑襟：言淚落霑濕衣襟。

韓翃

　　韓翃（？—785？），字君平，南陽（今屬河南）人。天寶十三載進士。肅宗寶應元年爲淄青節度使幕府從事。後閒居長安十年。大曆後期，先後入汴宋、宣武節度使幕府爲從事。建中初，德宗賞識其"春城無處不飛花"一詩，任駕部郎中，知制誥，官終中書舍人。爲"大曆十才子"之一。其詩多送行贈別之作，善寫離人旅途景色，而缺乏情思。

酬程延秋夜即事見贈

長簟迎風早，空城淡月華。[1]
星河秋一雁，砧杵夜千家。[2]
節候看應晚，心期臥已賒。[3]
向來吟秀句，不覺已鳴鴉。[4]

【注釋】

1　簟：竹名，節長而高。月華：月光。
2　砧杵：搗衣石和棒槌。此指搗衣。
3　賒：時間長久。
4　向來：剛剛，即時。鳴鴉：早鴉亂啼。謂天將破曉。

劉愼虛

　　劉愼虛（？—？），字全乙，新吳（今江西奉新）人，一說江東人，或說嵩山人。九歲能文，召見，拜童子郎。開元中進士及第，調洛陽尉，遷夏縣令。曾任崇文館校書郎。與賀知章、包融、張旭齊名，人稱"吳中四友"。爲詩情幽興遠，思雅詞奇，知名於時，並爲後代所推許。

闕　題

道由白雲盡，[1] 春與青溪長。
時有落花至，遠隨流水香。
閒門向山路，深柳讀書堂。
幽映每白日，清輝照衣裳。

【注釋】
　　1　盡：謂路延伸而消失在視野裡。

戴 叔 倫

戴叔倫（732—789），字幼公（一作次公），潤州金壇（今屬江蘇）人。代宗廣德初任秘書省正字，後在度支鹽鐵諸使幕府任職，授監察御史銜。德宗建中初出任東陽令，後以大理寺司直入江西觀察使幕，不久以祠部郎中銜授撫州刺史，後改容州刺史兼容管經略使，卒於任所。其詩多寫農村生活，構思新穎。謂"詩家之景，如藍田日暖，良玉生煙"，講究韻味，為後世神韻派詩論先導。

江鄉故人偶集客舍

天秋月又滿，城闕夜千重。
還作江南會，翻疑夢裡逢。[1]
風枝驚暗鵲，露草泣寒蟲。
羈旅長堪醉，[2] 相留畏曉鐘。

【注釋】
1　翻：猶"反"。
2　羈旅：客遊他鄉。

盧綸

　　盧綸（739?—799?），字允言，祖籍范陽（今北京西南），後遷居蒲（今山西永濟）。天寶末舉進士，遇亂不第，奉親避居鄱陽。代宗朝又應舉，屢試不第。大曆六年，宰相元載舉薦，授閱鄉尉。又受宰相王縉賞識，奏爲集賢學士、秘書省校書郎。後出爲陝府戶曹、河南密縣令。德宗朝爲昭應令，又赴河中節度使任元帥府判官，官至檢校戶部郎中。爲"大曆十才子"之一。詩多應酬贈答之作，但所作邊塞詩卻蒼老遒勁，氣勢雄渾，體現盛唐之餘緒。

送李端

故關衰草遍,[1] 離別正堪悲。

路出寒雲外，人歸暮雪時。

少孤爲客早,[2] 多難識君遲。

掩泣空相向，風塵何所期。

【注釋】

1　故關：故鄉。
2　少孤：少年喪父、喪母或父母雙亡。

李 益

李益（748—829），字君虞，隴西姑臧（今甘肅武威）人。大曆四年進士，授鄭縣尉，又任華州主簿，轉侍御史。後出塞從軍，入朔方、邠寧、幽州諸節度使幕中為從事。即所謂"三受末秩，五在兵間"。曾東遊揚州。憲宗朝入為都官郎中，歷秘書少監、集賢學士、散騎常侍、太子賓客等官。文宗大和初，以禮部尚書致仕。或列入"大曆十才子"，詩名早著，尤以邊塞詩流傳最廣，其中七絕冠絕當世，幾可與盛唐王昌齡比美。

喜見外弟又言別

十年離亂後，長大一相逢。[1]
問姓驚初見，稱名憶舊容。
別來滄海事，[2] 語罷暮天鐘。
明日巴陵道，[3] 秋山又幾重。

【注釋】

1　一：助詞，加強語氣。
2　滄海：滄海桑田的省稱，謂世事變化巨大。
3　巴陵：唐郡名，治所在今湖南岳陽。

司 空 曙

司空曙（約 720—790?），字文明（一作文初），廣平（今河北永年）人。進士出身，大曆年間任洛陽主簿，後爲左拾遺。建中三年出爲長林丞。貞元初入劍南節度使幕，領衡水部郎中。官終虞部郎中。爲"大曆十才子"之一。詩多寫自然景色與鄉情旅思，長於五律。

雲陽館與韓紳宿別

故人江海別，幾度隔山川。
乍見翻疑夢，[1]相悲各問年。
孤燈寒照雨，深竹暗浮煙。
更有來朝恨，離杯惜共傳。[2]

【注釋】

1 乍：驟，突然。
2 共傳：一起傳杯換盞，飲離別之酒。

喜外弟盧綸見宿

靜夜四無鄰，荒居舊業貧。[1]

雨中黃葉樹，燈下白頭人。
以我獨沉久，² 愧君相見頻。
平生自有分，況是蔡家親。³

【注釋】

1　業：家業，家產。
2　沉：謂沉淪下層。
3　蔡家親：指表親。典出蔡伯喈。蔡，一作"霍"。

賊平後送人北歸

世亂同南去，時清獨北還。¹
他鄉生白髮，舊國見青山。²
曉月過殘壘，³ 繁星宿故關。
寒禽與衰草，處處伴愁顏。

【注釋】

1　時清：時世清明。言戰亂已平。
2　舊國：故鄉。
3　殘壘：殘破的壁壘。

156

劉禹錫

劉禹錫（772—842），字夢得，洛陽（今屬河南）人。貞元中進士及第，又中博學宏辭，授太子校書，後入淮南節度使幕府掌書記，調補渭南主簿，升監察御史。順宗即位，預政治革新，轉屯田員外郎，判度支鹽鐵案。憲宗廢新政，貶革新派，出爲朗州司馬。十年後召回長安，以詩忤當道，復出爲連州刺史。穆宗朝爲夔州、和州刺史。文宗時官主客郎中分司東都、集賢學士、禮部郎中，出任蘇州、汝州、同州刺史，遷太子賓客分司東都。武宗時官至禮部尚書兼太子賓客。詩與白居易齊名，時稱"劉白"，白居易稱之爲"詩豪"。其詩善使事運典，託物寓意，以針砭時弊，抒寫情懷。

蜀先主廟

天地英雄氣，千秋尚凜然。[1]
勢分三足鼎，業復五銖錢。[2]
得相能開國，生兒不象賢。
淒涼蜀故妓，來舞魏宮前。

【注釋】

1　凜然：令人敬畏。
2　五銖錢：漢代的一種錢幣。

張 籍

張籍（約766—830），字文昌，祖籍吳郡（今江蘇蘇州），遷居和州（今安徽和縣）。貞元中進士及第，元和初官太常寺太祝，後轉國子監助教，遷秘書郎。長慶初爲國子博士，又任水部員外郎，轉主寄郎中。官終國子司業。其詩或擬古樂府，或自創新樂府，注重風雅比興，多寫民生疾苦。是元白新樂府運動的積極支持者。與王建齊名，均擅長樂府，故稱"張王樂府"。

没蕃故人

前年戌月支，[1] 城下没全師。
蕃漢斷消息，[2] 死生長別離。
無人收廢帳，[3] 歸馬識殘旗。
欲祭疑君在，天涯哭此時。

【注釋】

1　戌：守邊。月支：西域古族名，初在敦煌，後遷今新疆。

2　蕃：古時對外族的通稱。

3　廢帳：戰敗後遺棄的營帳。

白居易

草

離離原上草,[1] 一歲一枯榮。

野火燒不盡, 春風吹又生。

遠芳侵古道, 晴翠接荒城。[2]

又送王孫去, 萋萋滿別情。[3]

【注釋】

　　1　離離：蒙茸披拂的樣子。

　　2　遠芳：謂芳草綿延,漸遠還生。晴翠：陽光下碧草蒼翠。

　　3　王孫：指游子。萋萋：草茂盛的樣子。

杜 牧

杜牧（803—852），字牧之，京兆萬年（今陝西西安）人。宰相杜佑之孫，大和進士，授弘文館校書郎。後赴江西觀察使幕，轉淮南節度使幕，又入宣歙觀察使幕。文宗朝任左補闕，轉膳部、比部員外郎。武宗時出任黃、池、睦三州刺史。宣宗時入爲司勳員外郎，史館修撰，又出爲湖州刺史，召爲考功郎中知制誥，官至中書舍人。其爲詩注重文意詞采，追求高絕綺麗，於晚唐浮靡詩風中自樹一幟。擅長近體，絕句尤爲出色。

旅 宿

旅館無良伴，凝情自悄然。[1]
寒燈思舊事，斷雁警愁眠。[2]
遠夢歸侵曉，家書到隔年。
滄江好煙月，[3]門繫釣魚船。

【注釋】

1 悄然：憂傷的樣子。
2 斷雁：孤雁。
3 滄江：泛指江。

許　渾

　　許渾（？—?），字用晦（一作仲晦），潤州丹陽（今屬
江蘇）人。文宗大和六年進十，先後任當塗、太平令，因病
免。後任潤州司馬。大中年間入為監察御史，因病乞歸，後
復出仕，歷任虞部員外郎，轉睦、郢二州刺史。晚年歸丹陽
橋村舍閒居，自編詩集，曰《丁卯集》。其詩皆近體，五七
律尤多，句法圓熟工穩，聲調平仄自成一格，即所謂“丁卯
體”。詩多寫“水”，故有“許渾千首濕”之諷。

秋日赴闕題潼關驛樓

紅葉晚蕭蕭，長亭酒一瓢。[1]
殘雲歸太華，疏雨過中條。[2]
樹色隨關迴，[3] 河聲入海遙。
帝鄉明日到，[4] 猶自夢漁樵。

【注釋】

1　長亭：古時道路每十里設長亭，供行旅停息。
2　太華：華山。中條：一名雷首山，在今山西永濟東
南。
3　迴：遠。
4　帝鄉：京都。指長安。

早 秋

遙夜泛清瑟，西風生翠蘿。[1]
殘螢棲玉露，早雁拂金河。[2]
高樹曉還密，[3] 遠山晴更多。
淮南一葉下，[4] 自覺洞庭波。

【注釋】

1　泛：浮現。指揚起清瑟之聲。翠蘿：泛指綠色的蔓生植物。

2　金河：銀河。時值秋天，屬金，故稱。

3　還密：謂樹葉稠密，尚未凋零。

4　淮南：泛指淮水以南地區。

李商隱

蟬

本以高難飽，[1] 徒勞恨費聲。
五更疏欲斷，一樹碧無情。
薄宦梗猶泛，故園蕪已平。[2]
煩君最相警，[3] 我亦舉家清。

【注釋】
　　1　高：謂蟬棲身於高處。喻清高。
　　2　薄宦：卑微的官職。梗：指桃梗。以泛梗自喻游宦，
典出《說苑》。蕪已平：謂荒草已與人平。
　　3　君：指蟬。

風　雨

淒涼寶劍篇，羈泊欲窮年。[1]
黃葉仍風雨，青樓自管絃。
新知遭薄俗，舊好隔良緣。

心斷新豐酒，銷愁又幾千。[2]

【注釋】
　　1　寶劍篇：唐將郭震作。其主題言人當有所作爲。羈泊：羈旅漂泊。
　　2　心斷：斷絕念頭，絕望。新豐：在今陝西臨潼。馬周未遇曾飲於新豐市。

落　花

高閣客竟去，小園花亂飛。

參差連曲陌，[1] 迢遞送斜暉。

腸斷未忍掃，眼穿仍欲歸。

芳心向春盡，所得是霑衣。[2]

【注釋】
　　1　參差：形容落花繁亂。
　　2　芳心：指花，關合看花的心情。霑衣：指眼淚。

凉　思

客去波平檻，蟬休露滿枝。

永懷當此節，[1] 倚立自移時。

北斗兼春遠，南陵寓使遲。[2]

天涯占夢數，疑誤有新知。

【注釋】

　1　永懷：長久的思念。

　2　南陵：縣名，今安徽繁昌。寓：寄，託。

北　青　蘿

殘陽西入崦，[1] 茅屋訪孤僧。

落葉人何在，寒雲路幾層。

獨敲初夜磬，閒倚一枝藤。[2]

世界微塵裡，吾寧愛與憎？[3]

【注釋】

　1　崦：崦嵫，傳說爲日落的地方。

　2　初夜：猶初更。一枝藤：指藤杖。

　3　寧：何。疑問副詞。

溫庭筠

溫庭筠（約 812—約 870），本名岐，字飛卿，太原祁（今山西祁縣）人。唐宰相溫彥博後代。早年才思敏捷，以詞賦知名，然屢試不第，客遊江淮間。宣宗朝試宏辭，代人作賦，以擾亂科場，貶為隋縣尉。後襄陽刺史署為巡官，授檢校員外郎，不久離開襄陽，客於江陵。懿宗時曾任方城尉，官終國子助教。詩詞工於體物，設色穠麗，有聲調色彩之美。弔古行旅之作感慨深切，氣韻清新，猶存風骨。

送人東遊

荒戍落黃葉，浩然離故關。[1]
高風漢陽渡，初日郢門山。[2]
江上幾人在，天涯孤棹還。[3]
何當重相見，[4]樽酒慰離顏。

【注釋】

1　荒戍：荒廢的古堡。浩然：猶毅然，志堅不可留的樣子。

2　郢門山：即荊門山，在湖北枝城西北。

3　棹：船槳。代指船。

4　何當：猶何時。

馬　戴

　　馬戴（？—？），字虞臣，曲陽（今江蘇東海）人。家
貧，工詩。會昌四年，與項斯、趙嘏同榜舉進士。大中初赴
太原幕府掌書記，以正言被斥，貶爲龍陽尉。咸通末佐大同
軍幕，官終太學博士。詩擅長五律，流動壯闊，然終是晚唐
風貌。

灞上秋居

灞原風雨定，[1] 晚見雁行頻。

落葉他鄉樹，寒汀獨夜人。

空園白露滴，孤壁野僧鄰。

寄臥郊扉久，何年致此身？[2]

【注釋】

　　1　灞原：霸上。在灞水西高原上，故名。

　　2　郊扉：郊外住宅。致此身：謂使此身得以爲君國效
命。

楚江懷古

露氣寒光集，微陽下楚丘。[1]
猿啼洞庭樹，人在木蘭舟。[2]
廣澤生明月，蒼山夾亂流。
雲中君不見，[3]竟夕自悲秋。

【注釋】

1 楚丘：楚地的山丘。
2 木蘭舟：用木蘭製作的舟。言其高潔芬芳。
3 雲中君：傳說中的雲神。楚辭有《雲中君》。

張 喬

張喬（？—？），池州（今安徽貴池）人。咸通十二年進士。黃巢起義，與伍喬同隱九華山。僖宗廣明中尚在世，不知所終。苦力為詩，乃至十年不窺園，時與許棠、喻坦之、張蠙、鄭谷諸人，皆以詩名，號稱"芳林十哲"。其詩善於狀物寫景，卻帶蕭颯之象。

書 邊 事

調角斷清秋，征人倚戍樓。[1]
春風對青冢，白日落梁州。[2]
大漠無兵阻，窮邊有客遊。
蕃情似此水，[3]長願向南流。

【注釋】

1　調角：吹號角。戍樓：邊境瞭望軍情的望樓。
2　青冢：昭君墓。梁州：古梁州當在今甘肅境內。
3　蕃：古代對外族的統稱。這裡指吐蕃。

崔　涂

　　崔涂（？—？），字禮山，江南（約今浙江桐廬、建德一帶）人。光啓四年進士及第。約昭宗天復初尚在世。家在江南，壯遊巴蜀，中客湘鄂，老上秦隴。詩多紀遊之作，工寫景述懷，盡是羈愁別恨，音調低沉。

除夜有懷

迢遞三巴路，羈危萬里身。[1]
亂山殘雪夜，孤燭異鄉人。
漸與骨肉遠，轉於僮僕親。[2]
那堪正飄泊，明日歲華新。[3]

【注釋】
　　1　迢遞：遙遠的樣子。三巴：巴郡、巴東、巴西。泛指今四川一帶。羈危：羈旅艱危。
　　2　轉於：反與。
　　3　歲華：歲月。明日即新年，故曰"歲華新"。

孤　雁

幾行歸塞盡，念爾獨何之。

暮雨相呼失，寒塘欲下遲。

渚雲低暗度，關月冷相隨。

未必逢矰繳，[1] 孤飛自可疑。

【注釋】
　　1　矰繳：繫有絲繩用以射鳥的短箭。

杜荀鶴

　　杜荀鶴（846—904），字彥之，池州石埭（今安徽石台）人。家境貧寒，早年隱居九華山讀書，因號九華山人。昭宗大順二年進士及第，寧國節度使辟爲從事。受命密使大梁聯絡朱溫，表薦爲翰林學士、主客員外郎。天祐初病逝。其詩多寫久經戰亂農村凋敝景象，反映人民苦難生活。以律體形式寫樂府題材是其主要特色。

春宮怨

　　早被嬋娟誤，欲歸臨鏡慵。[1]
　　承恩不在貌，教妾若爲容？
　　風暖鳥聲碎，日高花影重。[2]
　　年年越溪女，相憶採芙蓉。[3]

【注釋】

1　嬋娟：美貌。慵：懶散。
2　日高：太陽高掛。
3　越溪：指若耶溪。

韋 莊

韋莊（836？—910），字端己，京兆杜陵（今陝西西安）人。青少年曾寓居下邽、鄠縣，東出潼關，客虢州。僖宗乾符末入京應舉落第，廣明初黃巢起義軍攻破長安，逃往洛陽。後至鎮海節度使幕為幕僚。北上投鳳翔僖宗行在，道阻未果，因南遊金陵，客居婺州。昭宗乾寧初入長安應試，進士及第，授校書郎。曾奉使入蜀，回朝後任左、右補闕。天復初復入蜀為西川節度使王建掌書記。及王建稱帝，為前蜀宰相。其詩多寫世亂年荒之景，弔古傷時之情，音調響亮而意緒低沉，融注了對唐室衰微的感慨。

章台夜思[1]

清瑟怨遙夜，[2] 繞絃風雨哀。
孤燈聞楚角，[3] 殘月下章台。
芳草已雲暮，故人殊未來。[4]
鄉書不可寄，秋雁又南回。

【注釋】

1　章台：宮名，故址在今陝西長安。
2　瑟：古代絃樂器。多為二十五絃。
3　楚角：楚地吹的號角。其聲悲涼。
4　殊：竟，尚。

僧皎然

　　僧皎然（？—？），俗姓謝，字清晝，湖州長城（今浙江長興）人。初出家，奉佛於湖州杼山妙喜寺。自稱爲謝靈運十世孫。其詩多寫山水遊賞與佛事活動，境界清淡輕鬆，聲律和諧流動，以五言詩爲擅長。善談詩藝，有論詩專著《詩式》傳世。

尋陸鴻漸不遇

移家雖帶郭，野徑入桑麻。

近種籬邊菊，秋來未着花。

扣門無犬吠，[1] 欲去問西家。

報道山中去，歸來每日斜。

【注釋】

　　1　扣門：敲門。

卷五　七言律詩

崔　顥

崔顥（？—754），汴州（今河南開封）人。開元十年進士及第，曾出使河東節度使軍幕，天寶時歷任太僕寺丞、司勳員外郎等職。足跡遍及江南塞北，詩歌內容廣闊，風格多樣。或寫兒女之情，幾近輕薄；或狀戎旅之苦，風骨凜然。詩名早著，影響深遠。

黃　鶴　樓

昔人已乘黃鶴去，[1] 此地空餘黃鶴樓。
黃鶴一去不復返，白雲千載空悠悠。
晴川歷歷漢陽樹，芳草萋萋鸚鵡洲。[2]
日暮鄉關何處是，煙波江上使人愁。

【注釋】
1　昔人：指仙人子安。曾跨鶴過黃鶴山，因建樓。
2　萋萋：草茂盛的樣子。鸚鵡洲：原在江中，今移與湖北漢陽接壤。

行經華陰

岧嶤太華俯咸京，天外三峰削不成。[1]
武帝祠前雲欲散，仙人掌上雨初晴。[2]
河山北枕秦關險，驛路西連漢畤平。[3]
借問路旁名利客，何如此處學長生！

【注釋】

1　岧嶤：高峻。太華：華山。咸京：指長安。三峰：
指今華山的蓮花、落雁、朝陽三峰。

2　武帝祠：漢武帝遊華山時所立巨靈祠。仙人掌：仙
掌崖，華山奇景之一。

3　秦關：指函谷關。在華山北。驛路：古代傳車驛馬
通行的大道。畤：帝王祭天地的祭壇。漢武帝於岐立畤。

祖　咏

　　祖咏（？ —？），洛陽（今屬河南）人。開元十二年進士及第。曾授官，遭謫遷，仕途失意，貧病交加。晚年移家於汝濆間，以漁樵自終。爲王維、盧象詩友，其詩以寫山水田園爲主，清麗自然，恬靜閒適。其邊塞詩則雄渾壯麗，風調高昂。

望 薊 門

燕台一去客心驚，[1] 笳鼓喧喧漢將營。
萬里寒光生積雪，三邊曙色動危旌。[2]
沙場烽火侵胡月，海畔雲山擁薊城。
少小雖非投筆吏，論功還欲請長纓。

【注釋】
1　一去：一作“一望”。
2　三邊：泛指邊疆。危旌：高掛的旗幟。

崔　曙

　　崔曙（？—？），宋州（今河南商丘）人。少孤貧，不應薦辟，讀書於少室山中。開元二十六年進士及第，試《明堂火珠》詩，有"夜來雙月合，曙後一星孤"句，由是得名。詩多凄苦之詞，衰颯之景。

九日登望仙台呈劉明府[1]

漢文皇帝有高台，　此日登臨曙色開。
三晉雲山皆北向，　二陵風雨自東來。[2]
關門令尹誰能識？　河上仙翁去不回。[3]
且欲近尋彭澤宰，[4]　陶然共醉菊花杯。

【注釋】
　　1　望仙台：漢台名，故址在今陝西戶縣。
　　2　三晉：今山西、河北西部、河南北部地區。二陵：崤山分南北二陵，在今河南洛寧北。
　　3　關：指函谷關。傳尹喜曾為關令。河上仙翁：河上公。傳其曾授漢文帝《老子》。
　　4　彭澤宰：指陶淵明。曾為彭澤令。

李　頎

送魏萬之京

朝聞游子唱離歌，昨夜微霜初度河。
鴻雁不堪愁裡聽，雲山況是客中過。[1]
關城曙色催寒近，御苑砧聲向晚多。[2]
莫是長安行樂處，空令歲月易蹉跎。

【注釋】
1　況是：何況是。
2　關城：指潼關。御苑：皇家宮苑。指京城。

李 白

登金陵鳳凰台

鳳凰台上鳳凰遊，鳳去台空江自流。

吳宮花草埋幽徑，晉代衣冠成古丘。[1]

三山半落青天外，二水中分白鷺洲。[2]

總爲浮雲能蔽日，[3] 長安不見使人愁。

【注釋】

　　1　吳宮：指三國孫吳所修太初昭明二宮。晉代：指東晉。南渡後建都於金陵。衣冠：指豪門權貴。古丘：指古墓。

　　2　三山：在今南京西南。三峰列於江邊。二水：白鷺洲分江爲二，故云。或作"一水"。白鷺洲：長江中沙洲。今已與陸地相接。

　　3　浮雲蔽日：喻奸臣當道遮蔽賢才。

高　適

送李少府貶峽中王少府貶長沙

嗟君此別意何如？駐馬啣杯問謫居。[1]
巫峽啼猿數行淚，衡陽歸雁幾封書。
青楓江上秋帆遠，白帝城邊古木疏。[2]
聖代即今多雨露，[3] 暫時分手莫躊躇。

【注釋】

　　1　謫居：貶官將去的地方。

　　2　青楓江：指湘江。楚辭：“湛湛江水兮上有楓。”白
帝城：在今四川奉節城東瞿塘峽口。

　　3　聖代：聖明之世。

岑 參

和賈至舍人早朝大明宮之作

雞鳴紫陌曙光寒，鶯囀皇州春色闌。[1]
金闕曉鐘開萬戶，玉階仙仗擁千官。[2]
花迎劍佩星初落，[3] 柳拂旌旗露未乾。
獨有鳳凰池上客，[4]《陽春》一曲和皆難。

【注釋】
  1　紫陌：都城的街道。囀：鶯鳴。皇州：指長安。
  2　金闕：宮門前華美的望樓。萬戶：宮門。仙仗：指
皇帝的儀仗。
  3　劍佩：寶劍和垂佩。
  4　鳳凰池：中書省的代稱。

王　維

和賈至舍人早朝大明宮之作

絳幘雞人報曉籌，尚衣方進翠雲裘。[1]
九天閶闔開宮殿，萬國衣冠拜冕旒。[2]
日色才臨仙掌動，香煙欲傍袞龍浮。[3]
朝罷須裁五色詔，珮聲歸到鳳池頭。[4]

【注釋】
1　絳幘：紅布包頭。雞人裝束。雞人：古報曉官。每日未明三刻傳鳴聲報曉。曉籌：拂曉的更籌。指拂曉時刻。尚衣：內府官署名，掌供帝王服飾。翠雲裘：繡以雲紋的皮衣。泛言華美服飾。

2　九天：指皇宮。閶闔：天門。這裡指宮門。衣冠：指文武百官。冕旒：皇冠。代指皇帝。

3　仙掌：指托承露盤的銅仙人掌。漢武帝所造。袞龍：古代皇帝朝服上的龍。

4　五色詔：指皇帝的詔書。鳳池：即鳳凰池。指中書省。

奉和聖制從蓬萊向興慶閣道中留春雨中春望之作應制

渭水自縈秦塞曲，黃山舊繞漢宮斜。[1]
鑾輿迴出千門柳，閣道回看上苑花。[2]
雲裡帝城雙鳳闕，[3] 雨中春樹萬人家。
為乘陽氣行時令，不是宸遊玩物華。[4]

【注釋】

1　渭水：黃河支流，在今陝西中部。秦塞：秦國關塞。渭水流域古為秦地。黃山：黃麓山，在今陝西興平北。漢宮：漢代宮殿。詩中兼指唐宮。

2　鑾輿：皇帝的車駕。迴出：遠出。千門：指皇宮門。上苑：皇家的園林。

3　雙鳳闕：漢有鳳闕宮。此指皇宮的門樓。

4　陽氣：春天的一陽復甦之氣。宸遊：帝王巡遊。物華：自然景物。

積雨輞川莊作

積雨空林煙火遲，蒸藜炊黍餉東菑。[1]
漠漠水田飛白鷺，陰陰夏木囀黃鸝。[2]
山中習靜觀朝槿，松下清齋折露葵。[3]
野老與人爭席罷，海鷗何事更相疑？[4]

1　煙火遲：因久雨空氣濕潤，煙火上升遲緩。藜：一種可食的野菜。黍：谷物名，古時為主食。餉：送飯食到田頭。菑：初耕的田地。

2　夏木：高大的樹木。囀：小鳥婉轉的鳴叫。

3　槿：落葉灌木。其花早開晚謝。清齋：素食，長齋。露葵：冬葵，古時一種重要蔬菜。

4　野老：詩人自稱。爭席：爭宴席間的座位。典出《莊子·寓言》。"海鷗"句：意謂自己毫無機心，世人不必對自己再戒備重重。典出《列子·黃帝篇》。

酬郭給事[1]

洞門高閣靄餘暉，桃李陰陰柳絮飛。[2]
禁裡疏鐘官舍晚，[3]省中啼鳥吏人稀。
晨搖玉佩趨金殿，夕奉天書拜瑣闈。[4]
強欲從君無那老，將因臥病解朝衣[5]。

【注釋】

1　給事：給事中的省稱，唐時屬門下省，官階正五品上。

2　洞門：指重重相對的宮門。靄：暮靄，傍晚時分的雲氣。桃李：指宮禁中所植桃樹、李樹。

3　禁裡：皇宮。

4　玉佩：玉製佩飾，古時貴族方可佩帶。趨：快步疾行，以示恭謹。句中指上朝。拜瑣闈：指下朝。東漢時合給事中與黃門侍郎爲一官，並規定日暮時需入對靑瑣門拜，稱夕郎。此瑣闥指鏤刻有連瑣圖案的宮中側門。

　　5　無那：無奈。解朝衣：脫去朝服，喩辭官。

杜 甫

蜀 相[1]

丞相祠堂何處尋？錦官城外柏森森。[2]

映階碧草自春色，隔葉黃鸝空好音。

三顧頻煩天下計，兩朝開濟老臣心。[3]

出師未捷身先死，[4]長使英雄淚滿襟。

【注釋】

1　蜀相：指三國時期蜀國丞相諸葛亮。

2　錦官城：蜀漢故都，產織錦。今四川成都。

3　三顧：指劉備三顧茅廬見諸葛亮事。兩朝：指劉備、
劉禪父子兩朝。開濟：幫助劉備開國和輔佐劉禪繼位。

4　出師未捷：諸葛亮曾五次出兵攻魏，建興十二年
(234)，與魏司馬懿在渭南相拒百餘日，病死於五丈原軍中。

客 至

舍南舍北皆春水，[1]但見羣鷗日日來。

花徑不曾緣客掃，蓬門今始爲君開。

盤飧市遠無兼味，樽酒家貧只舊醅。[2]
肯與鄰翁相對飲，[3]隔籬呼取盡餘杯。

【注釋】
1　舍：屋舍。
2　盤飧：指飯菜。舊醅：已放置了一段時間又沒有濾渣的酒。
3　肯：有徵詢之意，肯不肯，是否願意。

野　望

西山白雪三城戍，南浦清江萬里橋。[1]
海內風塵諸弟隔，[2]天涯涕淚一身遙。
惟將遲暮供多病，未有涓埃答聖朝。[3]
跨馬出郊時極目，不堪人事日蕭條。

【注釋】
1　西山：一名雪嶺，在今成都西。三城：指松、維、堡三城，時爲吐蕃所擾。戍：列兵防守。南浦：南郊水濱。清江：指錦江。出岷江東流經今成都南。萬里橋：架於成都南門外錦江上。
2　風塵：喻戰亂。諸弟：杜甫有弟四人，時唯四弟與他同在。
3　涓埃：涓滴、埃塵。喻細小、微末。

聞官軍收河南河北[1]

劍外忽傳收薊北，[2] 初聞涕淚滿衣裳。
卻看妻子愁何在，漫捲詩書喜欲狂。[3]
白日放歌須縱酒，[4] 青春作伴好還鄉。
即從巴峽穿巫峽，便下襄陽向洛陽。

【注釋】

1 河南：指洛陽。河北：指黃河以北部份地區。
2 劍外：劍門山之外，指蜀地。薊北：薊州一帶。曾是安史叛軍根據地。
3 愁何在：愁情已無影無蹤。漫捲：隨手捲起。
4 放歌：放情高歌。

登 高

風急天高猿嘯哀，渚清沙白鳥飛迴。[1]
無邊落木蕭蕭下，不盡長江滾滾來。
萬里悲秋常作客，百年多病獨登台。[2]
艱難苦恨繁霜鬢，[3] 潦倒新停濁酒杯。

【注釋】

1 渚：水中小洲。迴：迴旋。

2　百年：喻人生一世。

3　繁霜鬢：兩鬢白髮日增。

登　樓

花近高樓傷客心，萬方多難此登臨。

錦江春色來天地，玉壘浮雲變古今。[1]

北極朝廷終不改，西山寇盜莫相侵。[2]

可憐後主還祠廟，日暮聊爲《梁甫吟》。[3]

【注釋】

1　錦江：岷江支流。流經今四川成都南。來天地：生於天地之間。此喻自然之永恆。玉壘：山名，在今四川灌縣西北。變古今：謂浮雲多幻、古今同一。喻人世紛擾。

2　西山寇盜：指吐蕃入侵者。時吐蕃寇蜀。

3　梁甫吟：傳爲諸葛亮所吟。

宿　府[1]

清秋幕府井梧寒，[2] 獨宿江城蠟炬殘。

永夜角聲悲自語，[3] 中天月色好誰看？

風塵荏苒音書絕，[4] 關塞蕭條行路難。

已忍伶俜十年事，[5] 強移棲息一枝安。

【注釋】

1　府：幕府。古代將軍的府署。杜甫時在嚴武幕中。
2　井梧：梧桐。葉有黃紋如井，又稱金井梧桐。
3　永夜：長夜。
4　風塵荏苒：謂戰亂已久。荏苒，指時間推移。
5　伶俜：孤單。

閣　夜[1]

歲暮陰陽催短景，天涯霜雪霽寒宵。[2]
五更鼓角聲悲壯，三峽星河影動搖。[3]
野哭幾家聞戰伐，夷歌數處起漁樵。[4]
臥龍躍馬終黃土，[5]人事音書漫寂寥。

【注釋】

1　閣：指夔州（今四川奉節）西閣，時杜甫寓居其處。
2　陰陽：指歲尾年頭陰氣將盡陽氣將生。短景：喻冬
季白天短暫。天涯：喻遠離故鄉的地方。
3　鼓角：更鼓和號角。星河：銀河。
4　夷：指當地少數民族。
5　臥龍：指三國蜀相諸葛亮。隱居時人稱臥龍。

咏懷古蹟（五首）

支離東北風塵際，[1]漂泊西南天地間。
三峽樓台淹日月，五溪衣服共雲山。[2]

羯胡事主終無賴，詞客哀時且未還。[3]

庾信平生最蕭瑟，暮年詩賦動江關。[4]

【注釋】

1　支離：流離。東北風塵際：安史亂中詩人由東北避地西南。

2　五溪：在湘黔交界處。西南少數民族聚居地。共雲山：言自己與溪人共處。

3　羯胡：指安祿山。詞客：詩人自指。且未還：飄泊異地，尚未還鄉。

4　庾信：梁朝詩人。入仕北周而不忘江南。

其　二

搖落深知宋玉悲，風流儒雅亦吾師。[1]

悵望千秋一灑淚，蕭條異代不同時。

江山故宅空文藻，雲雨荒台豈夢思？[2]

最是楚宮俱泯滅，舟人指點到今疑。

【注釋】

1　搖落：指宋玉《九辯》之句："悲哉！秋之為氣也，蕭瑟兮草木搖落而變衰。"宋玉：戰國辭賦家。其作品首開悲秋主題。風流儒雅：指宋玉的文采和學問。

2　故宅：歸州、荊州皆有宋玉故宅。空文藻：枉留文采。荒台：指陽台。楚王夢神女處。見《高唐賦》。

其 三

羣山萬壑赴荊門，生長明妃尚有村。[1]
一去紫台連朔漠，獨留青冢向黃昏。[2]
畫圖省識春風面，環佩空歸月夜魂。[3]
千載琵琶作胡語，分明怨恨曲中論。[4]

【注釋】

1　赴荊門：奔向荊門山。山在今湖北。明妃：王昭君。
漢元帝宮人。遠嫁匈奴。

2　紫台：漢宮殿名。朔漠：北方沙漠。指匈奴居住地。
青冢：昭君墓。以墓草獨青，故稱。在今內蒙呼和浩特。

3　環佩：衣帶上所繫佩玉。此代指昭君。

4　曲中論：在曲中傾訴。琴曲有《昭君怨》。

其 四

蜀主窺吳幸三峽，崩年亦在永安宮。[1]
翠華想像空山裡，玉殿虛無野寺中。[2]
古廟杉松巢水鶴，[3]歲時伏臘走村翁。
武侯祠屋常鄰近，[4]一體君臣祭祀同。

【注釋】

1　蜀主：指劉備。窺吳：討伐東吳。幸：對皇帝行跡的尊稱。永安宮：劉備在夔州白帝城的行宮。蜀章武二年（222），劉備征東吳，敗歸白帝城，次年於永安宮病逝。

2　翠華：指帝王的儀仗。玉殿：指永安宮。句下原注：“殿今爲臥龍寺，廟在宮東。”

3　古廟：劉備祠廟。

4　武侯祠屋：諸葛亮在夔州的祠廟。位於劉備廟西。

其　五

諸葛大名垂宇宙，宗臣遺像肅清高。[1]
三分割據紆籌策，[2] 萬古雲霄一羽毛。
伯仲之間見伊呂，指揮若定失蕭曹。[3]
運移漢祚終難復，[4] 志決身殲軍務勞。

【注釋】

1　宗臣：人們所宗尚的賢臣。肅清高：爲其清高而肅然起敬。

2　三分割據：指魏蜀吳三國鼎立，割據天下。紆籌策：紆曲周密地運籌劃策。

3　伯仲之間：喻不相上下。伊：伊尹，輔佐商湯；呂：呂尚，輔佐周文王、周武王。二人俱是開國賢臣。蕭曹：指漢相蕭何、曹參。

4　祚：國統，皇位。

劉長卿

江州重別薛六柳八二員外[1]

生涯豈料承優詔，[2] 世事空知學醉歌。
江上月明胡雁過，[3] 淮南木落楚山多。
寄身且喜滄洲近，顧影無如白髮何！[4]
今日龍鍾人共老，愧君猶遣慎風波。[5]

【注釋】

1　江州：今江西省九江市。員外：員外郎的省稱。官名。

2　生涯：生平。

3　胡雁：北方來的大雁。

4　滄洲：濱水之地。多用以稱隱士居處。無如：加"何"字意爲：對白髮無奈何。

5　遣：敎。

長沙過賈誼宅[1]

三年謫宦此棲遲，萬古惟留楚客悲。[2]

秋草獨尋人去後，寒林空見日斜時。
漢文有道恩猶薄，湘水無情弔豈知？³
寂寂江山搖落處，憐君何事到天涯。

【注釋】

1 賈誼：西漢文帝時政治家、文學家。後被貶爲長沙王太傅，故長沙有其故宅。

2 謫宦：貶官。棲遲：淹留。楚客：指賈誼。長沙舊屬楚地，故有此稱。

3 漢文：指漢文帝。弔豈知：賈誼出爲長沙王太傅，經湘水時曾作《弔屈原賦》，憑弔戰國時楚國大詩人屈原，亦兼寄自傷之情。

自夏口至鸚鵡洲夕望
岳陽寄元中丞¹

汀洲無浪復無煙，楚客相思益渺然。²
漢口夕陽斜度鳥，³ 洞庭秋水遠連天。
孤城背嶺寒吹角，⁴ 獨戍臨江夜泊船。
賈誼上書憂漢室，長沙謫去古今憐。⁵

【注釋】

1 夏口：唐鄂州治，今屬湖北武漢，在長江南岸。鸚鵡洲：在長江中，正對黃鶴磯。唐以後漸漸西移，今與漢陽陸地相接。岳陽：位在鄂州西南長江南岸，江水與洞庭湖相通。今屬湖南。中丞：官名。

2　汀洲：水中小洲。指鸚鵡洲。楚客：客居楚地之人。此爲詩人自指。

3　鳥：飛鳥。暗指鸚鵡洲。

4　孤城：指漢陽城。城近大別山。角：軍隊中的一種吹器。

5　賈誼上書：賈誼曾向漢文帝上《治安策》。

錢　起

贈闕下裴舍人[1]

二月黃鸝飛上林，[2] 春城紫禁曉陰陰。

長樂鐘聲花外盡，龍池柳色雨中深。[3]

陽和不散窮途恨，霄漢常懸捧日心。[4]

獻賦十年猶未遇，羞將白髮對華簪。[5]

【注釋】

1　闕下：宮闕之下。指皇宮。舍人：官名。

2　上林：秦漢時宮苑名。此代指唐宮苑。

3　長樂：漢宮殿名。此喻唐宮。龍池：興慶宮中的水池。

4　陽和：指仲春。應首二句。捧日：《三國志・魏書》載，程昱少時常夢見以雙手捧日，後成為曹操的重要謀臣。

5　獻賦：獻辭賦以謀求顯達。簪：固着冠的長針。達官貴人的冠飾。

韋應物

寄李儋元錫[1]

去年花裡逢君別，今日花開又一年。
世事茫茫難自料，春愁黯黯獨成眠。[2]
身多疾病思田里，邑有流亡愧俸錢。[3]
聞道欲來相問訊，西樓望月幾回圓。[4]

【注釋】

1　李儋（dān 單）：字元錫，武威（今屬甘肅）人，曾任殿中侍御史。

2　黯黯：低沉暗淡。

3　邑：指蘇州。詩人時任蘇州刺史。流亡：逃亡在外的人。

4　西樓：又名觀風樓。在今蘇州。

韓 翃

題 仙 遊 觀[1]

仙台初見五城樓,[2] 風物淒淒宿雨收。
山色遙連秦樹晚, 砧聲近報漢宮秋。[3]
疏松影落空壇靜, 細草春香小洞幽。
何用別尋方外去, 人間亦自有丹丘。[4]

【注釋】

1 仙遊觀:在河南嵩山逍遙谷內。唐高宗爲道士潘師正所建。

2 五城樓:黃帝築五城十二樓。此喻指仙遊觀。

3 砧聲:在搗衣石上搗衣的聲音。

4 方外:神仙居住的世外仙境。丹丘:神話中晝夜長明的神仙之地。

皇甫冉

　　皇甫冉（714—767），字茂政，安定（今甘肅平涼）人，佔籍丹陽（今江蘇鎮江）。十歲能文，頗有清才。天寶末進士及第，授無錫尉。安史亂起，避難陽羨山中。大曆初河南節度使辟掌書記，後入為左金吾衞兵曹參軍，遷右補闕，奉使江表，卒於家。詩多送行酬贈之作，時帶離亂淒苦之調，然天機獨得，遠出情外。

春　思

鶯啼燕語報新年，馬邑龍堆路幾千。[1]
家住層城鄰漢苑，[2] 心隨明月到胡天。
機中錦字論長恨，[3] 樓上花枝笑獨眠。
為問元戎竇車騎，何時返旆勒燕然？[4]

【注釋】

　　1　馬邑：今山西朔縣。漢與匈奴曾爭此城。

　　2　層城：在崑崙山頂，天帝居處。此喻京城。苑：皇帝宮苑。

　　3　機中錦字：前秦女子蘇惠將織錦迴文詩寄給遭貶的丈夫竇滔，以表相思之情。

　　4　元戎：主將，將軍。竇車騎：東漢車騎將軍竇憲。

曾率兵大破匈奴。返旆：班師回朝。勒：刻。指勒石紀功。
燕然：即今蒙古國杭愛山。竇憲勒石紀功處。

盧　綸

晚次鄂州[1]

雲開遠見漢陽城，[2] 猶是孤帆一日程。
估客晝眠知浪靜，舟人夜語覺潮生。[3]
三湘愁鬢逢秋色，[4] 萬里歸心對月明。
舊業已隨征戰盡，更堪江上鼓鼙聲。[5]

【注釋】
1　鄂州：治夏口，即今湖北武漢武昌市。
2　漢陽：與鄂州隔長江相對，今屬湖北武漢。
3　估客：商人。舟人：船家。
4　三湘：湘江瀟湘沅三支流。泛指湖南境。
5　鼓鼙：本指軍中所用大鼓小鼓。此代指戰爭。

柳宗元

登柳州城樓寄漳汀
封連四州刺史[1]

城上高樓接大荒，[2] 海天愁思正茫茫。

驚風亂颭芙蓉水，密雨斜侵薜荔墻。[3]

嶺樹重遮千里目，江流曲似九迴腸。[4]

共來百粵文身地，猶是音書滯一鄉。[5]

【注釋】

1　柳州：今屬廣西。詩人於唐元和十年（815）遷柳州刺史。漳：今福建漳州。汀：今福建長汀。封：今廣東封川。連：今廣東連縣。四州刺史：依序為：韓泰、韓曄、陳諫、劉禹錫。

2　大荒：曠野。

3　驚風：狂風。颭：風吹使顫動。芙蓉：荷花。薜荔：也稱木蓮，一種蔓生植物。

4　江：指柳江。

5　百粵：指五嶺以南少數民族地區。

劉禹錫

西塞山懷古[1]

王濬樓船下益州，金陵王氣黯然收。[2]
千尋鐵鎖沉江底，一片降幡出石頭。[3]
人世幾回傷往事，山形依舊枕寒流。
從今四海爲家日，[4]故壘蕭蕭蘆荻秋。

【注釋】

1　西塞山：在今湖北黃石之東。三國時爲吳國西部要
塞。

2　王濬：西晉益州刺史。滅吳之戰的主要功臣。益州：
晉時郡治在今四川成都。金陵：今江蘇南京。三國時爲吳之
國都。

3　千尋：極言其長。古八尺爲尋。鐵鎖：吳國曾以鐵
鎖鏈攔江，阻止晉船東下，被晉人用火燒熔。降幡：降旗。
石頭：即石頭城。在今南京清涼山附近。

4　四海爲家：指天下一統。

元 稹

　　元稹（779—831），字微之，河南（今河南洛陽）人。
德宗貞元中明經及第，復書判拔萃科，授校書郎。憲宗元和
初，授左拾遺，升爲監察御史。後得罪宦官，貶江陵士曹參
軍，轉通州司馬，調虢州長史。穆宗長慶初任膳部員外郎，
轉祠部郎中知制誥，遷中書舍人、翰林學士。爲相三月，出
爲同州刺史，改浙東觀察使。文宗大和中爲尚書左丞，出爲
武昌節度使，卒於任所。與白居易倡導新樂府運動，所作樂
府詩不及白氏樂府之尖銳深刻與通俗流暢，但在當時頗有影
響，世稱“元白”。後期之作，傷於浮艷，故有“元輕白俗”
之譏。

遣 悲 懷 (三首)

　　謝公最小偏憐女，　自嫁黔婁百事乖。[1]
　　顧我無衣搜藎篋，　泥他沽酒拔金釵。[2]
　　野蔬充膳甘長藿，[3] 落葉添薪仰古槐。
　　今日俸錢過十萬，　與君營奠復營齋。

【注釋】

　　1　謝公：指東晉宰相謝安。他最看重小女道韞。此以
晉時才女謝道韞代指自己的亡妻韋叢。黔婁：春秋時齊國寒

士。作者自喻。

    2　蕙籚：用蕙草染成黃色的小竹箱。泥：軟求。他：
同 "她"。指韋叢。

    3　藿：豆類作物的葉子。

其　二

昔日戲言身後意，[1] 今朝都到眼前來。

衣裳已施行看盡，[2] 針線猶存未忍開。

尚想舊情憐婢僕，也曾因夢送錢財。

誠知此恨人人有，貧賤夫妻百事哀。

【注釋】

    1　身後意：對死後的種種設想。

    2　行看盡：眼看所剩無幾。

其　三

閒坐悲君亦自悲，百年多是幾多時？

鄧攸無子尋知命，潘岳悼亡猶費辭。[1]

同穴窅冥何所望，[2] 他生緣會更難期。

惟將終夜長開眼，[3] 報答平生未展眉。

【注釋】

1　鄧攸：晉河東太守。為保弟兒而自棄親子。尋知命：深知無兒是命中注定之事。潘岳：晉詩人。有悼亡詩三首追念亡妻。

2　窅冥：渺茫。此反用《詩經》"死則同穴"義。

3　終夜長開眼：徹夜不眠。亦暗合"鰥"字。鰥為大魚，魚目不合；又，男子無妻獨居為鰥，句中曲達鰥居思妻之意。

白居易

自河南經亂，關內阻饑，兄弟離散，各在一處。因望月有感，聊書所懷，寄上浮梁大兄、於潛七兄、烏江十五兄，兼示符離及下邽弟妹[1]

時難年荒世業空，弟兄羈旅各西東。[2]
田園寥落干戈後，[3] 骨肉流離道路中。
弔影分爲千里雁，辭根散作九秋蓬。[4]
共看明月應垂淚，一夜鄉心五處同。

【注釋】

1　河南經亂：指貞元十五年（799）河南道境內發生的宣武軍、彰義軍叛亂。唐王朝曾分遣十六道兵馬去攻打。關內：指今陝西一帶。浮梁：今江西景德鎮。大兄：指白幼文，時任浮梁主簿。於潛：今浙江臨安一帶。七兄：白居易堂兄，時任於潛尉。烏江：今安徽和縣一帶。十五兄：白居易堂兄，時任烏江主簿。符離：今屬安徽宿縣。下邽：在今陝西渭南。

2　羈旅：漂泊。

3　寥落：荒疏冷落。干戈：本是兩種兵器。代指戰爭。

4　弔：慰問。此謂形影相弔。根：指故園。句意謂兄弟四散如離根飛蓬。

李商隱

錦　瑟[1]

錦瑟無端五十絃，一絃一柱思華年。[2]
莊生曉夢迷蝴蝶，望帝春心托杜鵑。[3]
滄海月明珠有淚，藍田日暖玉生煙。[4]
此情可待成追憶，只是當時已惘然。

【注釋】

1　錦瑟：裝飾華美的瑟。絃樂器。
2　無端：沒來由。轉意即爲什麼。五十絃：傳古瑟五十絃，後秦帝破爲廿五絃。
3　莊生：指戰國莊周。曾以夢蝶辨境之虛實。望帝：傳爲古蜀帝杜宇之號。其魂化杜鵑鳥。
4　藍田：山名，在今陝西藍田。產美玉。

無　題

昨夜星辰昨夜風，畫樓西畔桂堂東。[1]
身無彩鳳雙飛翼，心有靈犀一點通。

隔座送鈎春酒暖，分曹射覆蠟燈紅。²
嗟餘聽鼓應官去，走馬蘭台類轉蓬。³

【注釋】

1　畫樓：雕樑畫棟之樓。桂堂：桂木所建屋室。與畫樓並喻宅之豪華。

2　送鈎：傳鈎。分兩隊競猜的一種藏鈎遊戲。射覆：於覆器下置物令對方猜射。

3　鼓：指更鼓。應官：上朝。蘭台：指秘書省。掌圖書秘籍。作者時任秘書省正字。

隋　宮¹

紫泉宮殿鎖煙霞，欲取蕪城作帝家。²
玉璽不緣歸日角，錦帆應是到天涯。³
於今腐草無螢火，終古垂楊有暮鴉。⁴
地下若逢陳後主，豈宜重問《後庭花》？⁵

【注釋】

1　隋宮：指隋煬帝楊廣在江都（今江蘇揚州）所建的行宮。

2　紫泉：紫淵。水紫色，在長安南。喻長安。鎖煙霞：喻冷落。蕪城：江都（今揚州）。鮑照有《蕪城賦》。

3　玉璽：皇帝的玉印。日角：喻帝王面相。錦帆：以香錦製帆的龍舟。隋煬帝下江都所乘。

4　螢火：隋煬帝好夜遊，所到之處廣徵螢火，夜間遊山時放之，光照山谷。江都放螢院，傳爲煬帝放螢之處。垂楊：指種於煬帝所鑿運河兩岸的垂柳。又稱"隋堤柳"。

5　陳後主：陳朝亡國之君。爲隋所滅。後庭花：陳後主所作舞曲名。喻亡國之音。據《隋遺錄》稱：煬帝遊江都時曾夢與陳後主相遇，後主之妃張麗華爲舞《玉樹後庭花》。

無　題（二首）

來是空言去絕蹤，月斜樓上五更鐘。
夢爲遠別啼難喚，書被催成墨未濃。
蠟照半籠金翡翠，麝熏微度繡芙蓉。[1]
劉郎已恨蓬山遠，更隔蓬山一萬重。[2]

【注釋】
1　半籠：半映。謂燭光隱約照射。金翡翠：瑠璃燈上的描金翠雀。麝：指麝香。雄麝香腺分泌物，是名貴香料。度：透過。繡芙蓉：繡芙蓉花的幔帳。

2　劉郎：指漢武帝劉徹。他有好神仙求長生事。蓬山：蓬萊山，海中神山。武帝遣方士求之而無驗。

其　二

颯颯東風細雨來，芙蓉塘外有輕雷。[1]
金蟾嚙鎖燒香入，玉虎牽絲汲井回。[2]
賈氏窺簾韓掾少，宓妃留枕魏王才。[3]

212

春心莫共花爭發，一寸相思一寸灰。

【注釋】

1　輕雷：喻車輪聲。

2　金蟾：蟾形的香爐。鎖：指香爐蟾口處管開合的小機關。玉虎：井台上的轆轤。絲：指井繩。

3　賈氏：晉賈充之女。曾窺韓掾，後嫁之。韓掾：指韓壽。貌美，充辟為掾。宓妃：洛水神。魏曹植有《洛神賦》。留枕：宓妃屬意曹植，死後其枕輾轉入植手。魏王：指魏陳思王曹植。人稱其才高八斗。

籌筆驛[1]

魚鳥猶疑畏簡書，風雲常為護儲胥。[2]
徒令上將揮神筆，終見降王走傳車。[3]
管樂有才真不忝，關張無命欲何如。[4]
他年錦里經祠廟，《梁父》吟成恨有餘。[5]

【注釋】

1　籌筆驛：今名朝天驛，在今四川廣元縣。諸葛亮伐魏，曾於此籌劃軍事，草寫文書。

2　疑：恐怕。推測之詞。簡書：書於竹簡的軍中文書。《詩經·小雅·出車》：「豈不懷歸，畏此簡書。」儲胥：軍營的籬柵。

3　上將：主帥。指諸葛亮。降王：指蜀後主劉禪。史稱「輿櫬自縛」降魏。傳車：驛站專用車輛。劉禪降後徙居洛陽。

4　管：管仲。春秋時佐齊桓公成就霸業的宰相。樂：
樂毅。戰國時燕國名將，曾大敗強齊。真不忝：真不愧。諸
葛亮常自比管仲、樂毅。關張：關羽、張飛。二人為蜀漢名
將，最終俱慘死刀下。

5　錦里：即成都。城南建有武侯祠。梁父吟：史稱諸
葛亮躬耕隴畝時好為《梁父吟》。

無　題

相見時難別亦難，東風無力百花殘。
春蠶到死絲方盡，[1]蠟炬成灰淚始乾。
曉鏡但愁雲鬢改，夜吟應覺月光寒。[2]
蓬山此去無多路，青鳥殷勤為探看。[3]

【注釋】

1　絲：與“思”諧音，表相思。

2　月光寒：言夜已漸深。

3　蓬山：蓬萊山。傳說中的海上仙山。青鳥：傳為西
王母使者。後泛指信使。

春　雨

悵臥新春白袷衣，[1]白門寥落意多違。
紅樓隔雨相望冷，珠箔飄燈獨自歸。[2]

遠路應悲春晼晚，　殘宵猶得夢依稀。

玉璫緘札何由達，　萬里雲羅一雁飛。[3]

【注釋】

　　1　白袷衣：白色袷衣。

　　2　珠箔：喩飄灑的雨點。

　　3　玉璫：玉製耳珠。耳珠曰“璫”。雲羅：雲一樣的網羅。此句爲詩人自狀。

無　題 (二首)

鳳尾香羅薄幾重，[1]　碧文圓頂夜深縫。

扇裁月魄羞難掩，[2]　車走雷聲語未通。

曾是寂寥金燼暗，　斷無消息石榴紅。[3]

斑騅只繫垂楊岸，[4]　何處西南待好風。

【注釋】

　　1　鳳尾香羅：即鳳羅。一種輕薄華麗的絲質羅帳。

　　2　扇裁：用“裁成合歡扇，團團似明月”詩意。月魄：即月亮。此以圓月狀團扇。

　　3　金燼：燈芯的餘火。石榴紅：指石榴花開時節。

　　4　斑騅：毛色靑白相雜的馬。

其　二

重幃深下莫愁堂，[1]　臥後淸宵細細長。

神女生涯原是夢，小姑居處本無郎。²

風波不信菱枝弱，月露誰教桂葉香。

直道相思了無益，未妨惆悵是清狂。

【注釋】

1　莫愁：傳爲古代民女。南朝以來詩人多咏之。

2　神女：指巫山神女。據宋玉《高唐賦》、《神女賦》
稱，楚懷王遊雲夢而望高唐，夜夢神女，自號朝雲；後宋玉
將此事述與襄王，襄王夢與神女成歡。"小姑"句：語出南
朝樂府《淸溪小姑曲》："小姑所居，獨處無郎。"

溫庭筠

利州南渡[1]

澹然空水對斜暉，曲島蒼茫接翠微。[2]
波上馬嘶看棹去，[3] 柳邊人歇待船歸。
數叢沙草羣鷗散，萬頃江田一鷺飛。
誰解乘舟尋范蠡，五湖煙水獨忘機。[4]

【注釋】

　　1　利州：州治在今四川廣元，南臨嘉陵江。

　　2　澹然：水波閃動的樣子。翠微：青翠的山色。

　　3　棹：槳，代指船。

　　4　范蠡：春秋時楚人。助越王滅吳後乘舟離去。五湖
煙水：據《吳越春秋》稱：范蠡功成身退，乘扁舟出入三江
五湖，人莫知其所適。

蘇武廟[1]

蘇武魂消漢使前，古祠高樹兩茫然。
雲邊雁斷胡天月，隴上羊歸塞草煙。[2]

回日樓臺非甲帳，去時冠劍是丁年。[3]

茂陵不見封侯印，空向秋波哭逝川。[4]

【注釋】

1　蘇武：漢武帝時人，使匈奴被羈多年而不屈，漢昭帝時始被迎歸。

2　雁斷：指蘇武被羈留匈奴後與漢廷音訊隔絕。胡：指匈奴。隴：隴關。此以隴關之外喻匈奴地。

3　甲帳：據《漢武故事》載，武帝以琉璃珠玉、天下奇珍為甲帳，次第為乙帳。甲以居神，乙以自居。冠劍：指出使時戴冠佩劍的裝束。丁年：丁壯之年。唐朝規定二十一至五十九歲為丁。

4　茂陵：漢武帝陵。句謂蘇武歸時武帝已死。逝川：喻逝去的時間。語出《論語·子罕》：「子在川上曰：逝者如斯夫。」此指往事。

薛 逢

薛逢（? —?），字陶臣，蒲州（今山西永濟）人。會昌初進士及第，授萬年尉，又佐河中戎幕。崔鉉入相，引直弘文館，歷侍御史、尚書郎。以謀略自高，持論鯁切，出爲巴、蓬、綿三州刺史，以太常少卿召還，官給事中，終秘書監。詩多七律，弔古傷時，寫景抒情，皆呈晚唐衰颯氣象。

宮 詞

十二樓中盡曉妝，望仙樓上望君王。[1]
鎖啣金獸連環冷，水滴銅龍晝漏長。[2]
雲髻罷梳還對鏡，[3] 羅衣欲換更添香。
遙窺正殿簾開處，袍袴宮人掃御牀。

【注釋】

1　十二樓：據稱黃帝築五城十二樓以候仙人。望仙樓：唐會昌五年（845）築於神策軍。

2　水滴銅龍：龍形的銅壺滴漏。爲計時裝置。

3　罷梳：梳罷。

秦韜玉

秦韜玉（? 一?），字仲明（一作中明），京兆（今陝西西安）人。乾符間入宦官田令孜神策軍幕。廣明初，隨僖宗入蜀。中和二年特賜進士及第，爲神策軍判官，任工部侍郎。其詩叙事抒情，深刻切直，或寫權貴誤國，或抒矛盾心理。反映出身爲幕僚而不滿於幕僚的苦悶。

貧 女

蓬門未識綺羅香，[1] 擬託良媒亦自傷。
誰愛風流高格調，共憐時世儉梳妝。
敢將十指誇針巧，不把雙眉鬥畫長。[2]
苦恨年年壓金線，[3] 爲他人作嫁衣裳。

【注釋】
1 蓬門：蓬草編成的門。喻貧寒之家。綺羅香：經過薰香的綺羅。爲高級絲織品。
2 鬥：競炫。
3 壓金線：指針黹女工。

樂　府

沈　佺　期

獨　不　見[1]

盧家少婦鬱金堂，海燕雙棲玳瑁樑。[2]
九月寒砧催木葉，十年征戍憶遼陽。[3]
白狼河北音書斷，丹鳳城南秋夜長。[4]
誰謂含愁獨不見，更教明月照流黃。[5]

【注釋】

　　1　獨不見：樂府舊題，見《雜曲歌辭》。

　　2　盧家少婦：代指長安少婦。借梁武帝《河中之水歌》詩意：“河中之水向東流，洛陽女兒名莫愁。……十五嫁爲盧家婦，十六生兒字阿侯。盧家蘭室桂爲樑，中有鬱金蘇合香。”海燕：燕子。多在樑上築巢。玳瑁：海龜屬。角質板可作裝飾品。

　　3　砧：搗衣石。匹練織成需搥搗脫膠方能染色。戍：

221

駐守。遼陽：指今遼寧省境。時爲邊防要地。

　　4　白狼河：即今遼寧境內的大凌河。丹鳳城：喻京城長安。

　　5　流黃：雜色絲絹。古樂府《相逢行》："大婦織綺羅，中婦織流黃。"

卷六　五言絶句

王　維

鹿　柴[1]

空山不見人，但聞人語響。
返景入深林，[2] 復照青苔上。

【注釋】
1　鹿柴：詩人輞川別業的勝蹟之一。別業在陝西藍田
縣終南山下，有輞水經過。
2　返景：謂日落時分，光線返照。

竹　里　館[1]

獨坐幽篁裡，[2] 彈琴復長嘯。
深林人不知，明月來相照。

【注釋】

    1 竹裏館：輞川別業的勝蹟之一。別業爲詩人暮年隱居處。

    2 幽篁：幽深靜謐的竹林。篁爲竹的通稱。

送　別

    山中相送罷，日暮掩柴扉。[1]

    春草明年綠，王孫歸不歸？[2]

【注釋】

    1 柴扉：柴門。

    2 王孫：喻指遠行人。後兩句典出楚辭《招隱士》：“王孫遊兮不歸，春草生兮萋萋。”

相　思

    紅豆生南國，春來發幾枝？[1]

    願君多採擷，[2] 此物最相思。

【注釋】

    1 紅豆：又名相思子。生於嶺南，子處莢中。發幾枝：又長出幾枝。

    2 採擷（xié 攜）：採摘。

雜 詩

君自故鄉來，應知故鄉事。
來日綺窗前，寒梅着花未？[1]

【注釋】

　　1　來日：動身的時候。綺窗：雕飾精美的格子窗。着花：開花。

裴　迪

裴迪（716—?），關中（今陝西）人。天寶後官蜀州刺史，曾爲尚書省郎。早年與王維、崔興宗友善，同居終南山，相互唱和；在蜀與杜甫、李頎有過交遊。今存詩多寫山水景色，境界幽寂，與王維山水詩近似。

送　崔　九[1]

歸山深淺去，須盡丘壑美。
莫學武陵人，暫遊桃源裡。[2]

【注釋】

1　崔九：崔興宗。王維有《送崔九興宗遊蜀》等相關詩篇。

2　武陵人：武陵漁人。見陶淵明《桃花源記》。

祖　咏

終南望餘雪[1]

終南陰嶺秀，[2] 積雪浮雲端。
林表明霽色，[3] 城中增暮寒。

【注釋】

1　終南：秦嶺一峰。在今陝西西安南。
2　陰嶺：山嶺背陽的北面，陰面。
3　林表：林外，林梢之上。霽色：雨後的晴色。

孟 浩 然

宿建德江[1]

移舟泊煙渚，日暮客愁新。[2]
野曠天低樹，江清月近人。[3]

【注釋】

　　1　建德江：新安江流經浙江建德的一段江面。
　　2　移舟：搖船。煙渚：暮色迷茫中的小洲。客愁新：旅途中新添的愁思。
　　3　月：指江中的月影。

春　曉[1]

春眠不覺曉，處處聞啼鳥。
夜來風雨聲，花落知多少。

【注釋】

　　1　曉：清晨。

李 白

夜 思

牀前明月光， 疑是地上霜。
舉頭望明月，¹ 低頭思故鄉。

【注釋】
  1 舉：抬。明月：一作“山月”。

怨 情

美人捲珠簾， 深坐顰蛾眉。¹
但見淚痕濕， 不知心恨誰。

【注釋】
  1 顰蛾眉：皺眉。形容愁態。

杜 甫

八 陣 圖[1]

功蓋三分國,[2] 名成八陣圖。

江流石不轉, 遺恨失吞吳。[3]

【注釋】

　　1 八陣圖：諸葛亮佈陣所遺。在今四川奉節西南永安宮遺址前的沙洲上。

　　2 功蓋：謂諸葛亮佐蜀之功最著。三分國：三分天下的魏、蜀、吳三國。

　　3 石不轉：陣圖聚石而成,夏沒於水而多出。失吞吳：失策而攻吳。

王之渙

王之渙（688—742），字季陵，絳州（今山西新絳）人。曾任冀州衡水主簿，被謗，辭官歸鄉，家居十五年。後爲文安尉，卒於任所。早年精於文章，工詩，樂工多引爲歌詞，名動一時，有旗亭畫壁故事。尤善五言詩，以描寫邊塞風光爲勝。

登鸛雀樓[1]

白日依山盡，黃河入海流。
欲窮千里目，更上一層樓。

【注釋】

1　鸛雀樓：原在蒲州（今山西永濟）府城西南城上，時有鸛雀樓之，故名。

劉長卿

送靈澈[1]

蒼蒼竹林寺，杳杳鐘聲晚。[2]
荷笠帶斜陽，[3]青山獨歸遠。

【注釋】

1　靈澈：著名詩僧。本姓湯，字澄源，生於會稽，與皎然友善。

2　杳杳：隱約而遙遠。

3　荷：負，戴。

彈琴

泠泠七絃上，静聽松風寒。[1]
古調雖自愛，今人多不彈。

【注釋】

1　泠泠：狀清泠悅耳的琴聲。七絃：指琴。古琴有七絃。松風：琴曲有《風入松》。亦指音響效果。

送上人[1]

孤雲將野鶴，豈向人間住。
莫買沃洲山，[2] 時人已知處。

【注釋】
1 上人：對僧人的敬稱。
2 沃洲山：在今浙江新昌東。道家稱十五福地。

韋應物

秋夜寄丘員外[1]

懷君屬秋夜，[2] 散步詠涼天。
空山松子落，幽人應未眠。[3]

【注釋】

1 丘員外：丘丹。嘉興人，曾任諸暨（今屬浙江）縣令、倉部員外郎等職，後隱居臨平山。

2 屬：正值。

3 幽人：隱居之人。指丘員外。

李　端

　　李端（？—784?），字正己，趙郡（今河北趙縣）人。少居廬山，與道士交遊。大曆五年進士及第，授秘書省校書郎。後因事貶爲杭州司馬。辭官隱居衡山，自號"衡山幽人"。爲大曆十才子之一。詩多應酬之作，雖善於取喻，卻少含蓄，情調亦較低沉，見出盛唐向中唐轉變的詩風。

聽　箏

鳴箏金粟柱，素手玉房前。[1]
欲得周郎顧，[2] 時時誤拂絃。

【注釋】

　　1　金粟：謂絃柱金飾如粟。喻箏之華美。玉房：彈箏人居處的美稱。

　　2　周郎：三國時吳帥周瑜。美儀容而通音樂。《三國志》本傳載："雖三爵之後，其（樂）有闕誤，瑜必知之。知之必顧，故時人謠曰：'曲有誤，周郎顧。'"

王 建

王建（約766—831?），字仲初，潁川（今河南許昌）人。大曆進士。曾寓居魏州鄉間。貞元中辭家從軍，北至幽州，南抵荊州。元和中任昭應縣丞。後歷任太府寺丞、秘書郎，遷侍御史，出爲陝州司馬，轉光州刺史。與張籍"年狀皆齊"，又是詩友，時稱"張王"，皆爲新樂府運動先導，能繼承古樂府哀時託興精神，即事名篇，自立新題，體現爲時爲事而作的宗旨。

新 嫁 娘

三日入厨下，洗手作羹湯。
未諳姑食性，[1] 先遣小姑嘗。

【注釋】
1 未諳：不熟悉。

權 德 輿

　　權德輿（759—818），字載之，天水略陽（今甘肅天水）人。德宗朝征爲太常博士，轉左補闕，後爲起居舍人兼知制誥，遷中書舍人。憲宗朝拜禮部尚書，同中書門下平章事，出爲山南西道節度使。四歲能詩，十五爲文，名聲大振，老不廢書。詩多應制酬贈之作，然文雅醖藉，自然風流。

玉 台 體[1]

昨夜裙帶解，今朝蟢子飛。[2]
鉛華不可棄，莫是藁砧歸？[3]

【注釋】

　　1　玉台體：即文詞纖艷的詩歌。南朝陳徐陵編有《玉台新咏》一書，多錄艷歌，後把內容風格與之近似的詩作稱爲“玉台體”。

　　2　蟢子：長腳小蜘蛛。俗以蟢（喜）爲瑞兆。

　　3　鉛華：鉛粉。女子化妝用品。莫是：莫不是。藁砧：丈夫的代稱。藁砧本是鍘刀的墊座，鍘草或藁（稻稈）時將鈇按下。鈇與“夫”諧音，故以藁砧代“夫”。

柳宗元

江　雪

千山鳥飛絕，萬徑人蹤滅。[1]
孤舟簑笠翁，[2]獨釣寒江雪。

【注釋】

1　蹤：蹤跡。
2　簑笠翁：披簑衣、戴斗笠的漁翁。

元　稹

行　宮[1]

寥落故行宮,[2] 宮花寂寞紅。
白頭宮女在，閒坐說玄宗。[3]

【注釋】

    1　行宮：皇帝在京城外所設的離宮。

    2　寥落：寂寞冷落。

    3　玄宗：即唐明皇李隆基。在位期間開創了唐王朝的全盛局面，史稱 "開元盛世"。

白居易

問劉十九[1]

綠蟻新醅酒，[2] 紅泥小火爐。
晚來天欲雪，能飲一杯無？

【注釋】

　　1　劉十九：河南登封人，名未詳，時在江州隱居。故
與任江州司馬的白居易相識。
　　2　綠蟻：形容浮在新釀米酒液面上的綠色菌絲。醅：
未經過濾的酒。

張　祜

　　張祜（約785—849?），字承吉，清河（今屬河北）人，一作南陽（今屬河南）人。舉進士不第。元和間以樂府宮詞著稱。然南北奔走三十年，投詩求薦，終未獲官。至文宗朝始由天平軍節度使薦入京，復被壓制。會昌五年投奔池州刺史杜牧，受厚遇，而年已遲暮。後隱居於曲阿。其詩或感傷時世，或歌咏從軍，猶存風骨；其宮詞寫宮女幽怨之情，亦有所感而發者也。

何　滿　子[1]

故國三千里，[2] 深宮二十年。
一聲何滿子，雙淚落君前。[3]

【注釋】

1　何滿子：古曲名。唐時宮人配以舞。
2　故國：故鄉。
3　君：君王。

李商隱

登樂遊原[1]

向晚意不適，驅車登古原。[2]
夕陽無限好，只是近黃昏。

【注釋】

1　樂遊原：在長安東南，地勢高而視野開闊，望城內
了如指掌，爲京師遊樂勝地。

2　意不適：心情不舒暢。古原：指樂遊原。西漢宣帝
時即於原上立樂遊廟。

賈　島

賈島（779—843），字浪仙，范陽（今北京）人。早年出家爲僧，法名無本。後還俗，屢試不第。被讒爲科場“十惡”。文宗開成二年被謗，責爲遂州長江主簿。後遷普州司倉參軍，卒於任所。曾以詩投韓愈，與孟郊、張籍等詩友唱酬，詩名大振。其爲詩多描摹風物，抒寫閒情，詩境平淡，而造語費力。是苦吟派詩人。

尋隱者不遇

松下問童子，言師採藥去。
只在此山中，雲深不知處。[1]

【注釋】
　　1　雲深：林深，因多雲霧，故雲。處：行蹤，所在。

李 頻

李頻（？—？），字德新，睦州壽昌（今屬浙江）人。宣宗大中八年進士，授秘書郎，爲南陵主簿，遷武功令。拜侍御史，累遷都官員外郎，袁丐建州刺史，卒於官。能以禮法治下，父老敬之，爲立廟於梨山。少以詩著稱，慕姚合詩名，千里往訪，備受稱賞，並妻之以女。與錢起、顧況並爲詩壇"一時巨擘"。其詩五律居多，旨尚騷雅，而雕琢過力。

渡 漢 江[1]

嶺外音書絕，[2] 經冬復立春。

近鄉情更怯，不敢問來人。

【注釋】

1 此詩作者應是宋之問。漢江：即漢水，源出陝西，經湖北至武漢匯入長江。

2 嶺外：五嶺之外。指兩廣地區。

金昌緒

金昌緒（？—？），餘杭（今浙江杭州）人。生平未詳。《全唐詩》僅錄存其詩一首。

春 怨

打起黃鶯兒，莫教枝上啼。
啼時驚妾夢，不得到遼西。[1]

【注釋】

1 遼西：指唐遼西戍。在今承德錦州之間。

西鄙人

西鄙人，西部邊疆的人民，此指《哥舒歌》作者與歌者。

哥 舒 歌[1]

北斗七星高，哥舒夜帶刀。
至今窺牧馬，不敢過臨洮。[2]

【注釋】

1　哥舒：唐邊將哥舒翰。突厥族，曾大敗吐蕃。

2　窺：窺探、偵察。牧馬：指犯邊胡騎。臨洮：今甘肅岷縣。秦築長城西起於此。

樂　府

崔　顥

長干行[1]（二首）

君家何處住，妾住在橫塘。[2]
停船暫借問，或恐是同鄉。

【注釋】

1　長干行：又作"長干曲"，樂府舊題，屬《雜曲歌辭》。長干，古建康里巷名，故址在今南京城南。

2　橫塘：在今江蘇南京城西南。

其　二

家臨九江水，[1]來去九江側。
同是長干人，生小不相識。[2]

【注釋】
1　九江：今屬江西。
2　長干：古建康（今南京）里巷名。生小：自小。

李 白

玉 階 怨[1]

玉階生白露，夜久侵羅襪。[2]
卻下水精簾，[3]玲瓏望秋月。

【注釋】

1　玉階怨：樂府舊題，屬《相和歌‧楚調曲》。
2　羅襪：絲織物做的襪子。
3　卻下：還下，放下。水精：即水晶。

盧 綸

塞下曲[1] (四首)

鷲翎金僕姑，燕尾繡蝥弧。[2]
獨立揚新令，千營共一呼。

【注釋】

1 塞下曲：唐代樂府名。出於漢樂府《出塞》、《入塞》，屬《橫吹曲辭》。

2 鷲：大鵰。鷹屬。金僕姑：箭名。燕尾：旗幟形似燕尾的部份。多以帛續之。蝥弧：此指繡在旗幟上的一種紋樣。

其 二

林暗草驚風，將軍夜引弓。
平明尋白羽，沒在石棱中。[1]

【注釋】

1 平明：天剛亮時。白羽：指尾縛白羽毛的箭。詩用漢將李廣事，《史記·李將軍列傳》：「廣出獵，見草中石，以爲虎而射之，中石沒鏃。」

其　三

月黑雁飛高，單于夜遁逃。[1]
欲將輕騎逐，大雪滿弓刀。

【注釋】

1　單于：漢匈奴首領的稱謂。代指犯邊敵首。

其　四

野幕敞瓊筵，羌戎賀勞旋。[1]
醉和金甲舞，雷鼓動山川。[2]

【注釋】

1　羌、戎：古族名。此泛指西北各族。
2　雷鼓：祀天神用的八面鼓。兼謂鼓聲如雷。

李 益

江 南 曲[1]

嫁得瞿塘賈,[2] 朝朝誤妾期。
早知潮有信,[3] 嫁與弄潮兒。

【注釋】
  1 江南曲:樂府《相和曲》名。
  2 瞿塘:長江三峽之一。在今四川奉節東。賈:商人。
  3 潮有信:潮水漲落有一定時間,稱"潮信"。

七言絕句

賀 知 章

　　賀知章（約 659—約 744），字季眞，越州永興（今浙江蕭山）人。武后證聖元年進士，舉超拔羣類科，授國子監四門博士，遷太常博士。玄宗開元年間，歷任太常少卿、禮部侍郎、集賢院學士、太子右庶子充侍讀、工部侍郎、秘書監員外，官終太子賓客、秘書監。天寶三載請爲道士，乞歸鄉里。詔賜鏡湖剡川一曲。爲“吳中四士”之一，晚年縱誕，自號“四明狂客”。詩以絕句爲佳，不尙藻飾，無意求工，而時有巧思與新意。

回鄉偶書

少小離家老大回，鄉音無改鬢毛衰。[1]
兒童相見不相識，笑問客從何處來。

【注釋】
　　1　鬢毛衰：兩鬢頭髮已經斑白稀疏。

張 旭

張旭（？—？），字伯高，吳郡（今江蘇蘇州）人。曾任常熟尉，又任左衛率府長史，世稱"張長史"。以書法著名，常醉後狂書，時號"張顛"。文宗時，詔以李白詩歌、裴旻劍舞、張旭草書爲"三絕"。其絕句構思婉曲，寫景幽深。

桃花溪[1]

隱隱飛橋隔野煙，石磯西畔問漁船。[2]
桃花盡日隨流水，洞在清溪何處邊？[3]

【注釋】

1 桃花溪：據《清一統志》稱，湖南常德府桃源縣西南有桃源洞，洞北有桃花溪。

2 飛橋：凌空架設的高橋。石磯：水邊突出的石堆。

3 洞：指桃源洞。見陶潛《桃花源記》。

王　維

九月九日憶山東兄弟[1]

獨在異鄉爲異客，每逢佳節倍思親。
遙知兄弟登高處，遍插茱萸少一人。[2]

【注釋】

　　1　九月九日：即重陽節。山東：指華山以東。詩人時在長安，以"山東"代指故鄉蒲（今山西永濟）地。

　　2　登高：重陽節民間有登高避邪習俗。茱萸：藥性植物。重九俗以結子茱萸枝插頭。

王昌齡

芙蓉樓送辛漸[1]

寒雨連江夜入吳，平明送客楚山孤。[2]

洛陽親友如相問，一片冰心在玉壺。[3]

【注釋】

1　芙蓉樓：原名西北樓，唐晉王李恭爲潤州刺史時改爲芙蓉樓，遺址在今江蘇鎮江。

2　平明：天剛亮時。楚山：指鎮江一帶的山。

3　冰心：喻心地瑩潔。鮑照詩：“清如玉壺冰。”

閨　怨

閨中少婦不知愁，春日凝妝上翠樓。[1]

忽見陌頭楊柳色，悔教夫婿覓封侯。

【注釋】

1　閨：指閨房。凝妝：盛妝。翠樓：指少婦居處。

春 宮 曲

昨夜風開露井桃，未央前殿月輪高。[1]
平陽歌舞新承寵，簾外春寒賜錦袍。[2]

【注釋】
  1　未央：漢宮殿名。此喻唐皇宮。
  2　平陽歌舞：指漢平陽侯家歌女衛子夫。賜錦袍：喻承寵。以漢武寵衛子夫喻當朝。

王 翰

王翰（？—？），字子羽，并州晉陽（今山西太原）人。睿宗景雲初進士，玄宗開元八年舉直言極諫、超拔羣類科，授昌樂尉，擢通事舍人，遷駕部員外郎。出爲汝州長史，貶仙州別駕，再貶道州司馬。卒於任所。少豪放不羈，喜遊樂飲酒，能歌能舞。以詩知名，爲晚輩如杜甫所推重。其詩以絕句擅長，爽朗流麗。

涼 州 詞[1]

葡萄美酒夜光杯，[2] 欲飲琵琶馬上催。
醉臥沙場君莫笑，古來征戰幾人回？

【注釋】

1 涼州詞：唐樂府名，屬《近代曲辭》。涼州，治姑臧，即今甘肅武威。

2 夜光杯：西域獻周穆王的白玉杯。光明夜照。

李 白

黃鶴樓送孟浩然之廣陵[1]

故人西辭黃鶴樓，煙花三月下揚州。[2]
孤帆遠影碧空盡，[3]惟見長江天際流。

【注釋】

1　黃鶴樓：在今湖北武昌黃鶴磯上，下臨長江。孟浩然：與作者同時的著名詩人。廣陵：即今江蘇揚州。
2　煙花：春氣中的繁花。
3　碧空盡：謂船消失在天水相接的遠方。

早發白帝城[1]

朝辭白帝彩雲間，千里江陵一日還。[2]
兩岸猿聲啼不住，輕舟已過萬重山。

【注釋】

1　白帝城：在今四川奉節之東瞿塘峽口。
2　江陵：故楚郢都。今屬湖北。句出盛弘之《荊州

259

記》：“有時朝發白帝，暮到江陵，其間千二百里，雖乘奔御風，不以疾也。”

岑 參

逢人京使

故園東望路漫漫，雙袖龍鍾淚不乾。[1]
馬上相逢無紙筆，憑君傳語報平安。[2]

【注釋】
1 故園：指長安。龍鍾：沾濡濕潤。
2 憑：託。

杜 甫

江南逢李龜年[1]

岐王宅裡尋常見，崔九堂前幾度聞。[2]
正是江南好風景，落花時節又逢君。

【注釋】

1　李龜年：唐玄宗時的著名樂工。安史亂後，流落江南。

2　岐王：唐玄宗弟李範。封爲岐王。崔九：指崔滌。與玄宗款密，時爲殿中監。

韋應物

滁州西澗[1]

獨憐幽草澗邊生，上有黃鸝深樹鳴。[2]
春潮帶雨晚來急，野渡無人舟自橫。[3]

【注釋】

1　滁州：治所即今安徽滁縣。西澗：俗稱上馬河，在滁州城西。

2　幽草：背陰處深密的草。深樹：枝葉茂密的樹。

3　舟自橫：言野渡人稀，渡船閒放。

張　繼

張繼（？—約779），字懿孫，南陽（今屬河南）人。天寶十二載進士及第。至德間爲監察御史。大曆中在武昌任職，後以檢校祠部員外郎，在洪州分掌財賦，任租庸使、轉運使判官，卒於任所。其詩關切時事，爽利激越，事理雙切，寄興遙深。

楓橋夜泊[1]

月落烏啼霜滿天，江楓漁火對愁眠。[2]
姑蘇城外寒山寺，[3] 夜半鐘聲到客船。

【注釋】

1　楓橋：在今江蘇蘇州西郊。
2　漁火：漁船上的燈火。
3　姑蘇：今江蘇蘇州。寒山寺：舊說在姑蘇城西十里楓橋東。

韓翃

寒 食[1]

春城無處不飛花，寒食東風御柳斜。[2]
日暮漢宮傳蠟燭，輕煙散入五侯家。[3]

【注釋】

1 寒食：寒食節。在清明前一日。

2 御柳：御苑之柳。

3 傳蠟燭：《西京雜記》謂禁火日賜侯家蠟燭。五侯：漢桓帝同日封五宦官爲侯。此指近臣。

劉 方 平

劉方平（? —?），河南（今河南洛陽）人。不樂仕進，汧國公李勉延致齋中，甚敬愛之，欲薦之於朝，終不肯出，還歸舊隱潁陽大谷。工詞賦，與皇甫冉、李顧等時相贈答。詩以五七絕見長，語淺而意深。

月 夜

更深月色半人家，北斗闌干南斗斜。[1]
今夜偏知春氣暖，蟲聲新透綠窗紗。[2]

【注釋】
　1　闌干：橫斜的樣子。夜深之象。南斗：二十八宿之一，在北斗之南，有六星。
　2　新透：初透。

春 怨

紗窗日落漸黃昏，金屋無人見淚痕。[1]
寂寞空庭春欲晚，梨花滿地不開門。

柳 中 庸

柳中庸（？一？），名淡，以字行，河東（今山西永濟）人，出柳宗元之族。官洪州戶曹。蕭穎士以女妻之。與弟中行並有文名。今存其詩十三首，以寫邊塞征怨詩著稱，然意氣消沉，無復盛唐氣象。

征 人 怨

歲歲金河復玉關，朝朝馬策與刀環。[1]
三春白雪歸青冢，萬里黃河繞黑山。[2]

【注釋】

1　金河：在今內蒙古境內。流入黃河。馬策：馬鞭。刀環：刀頭的環。喻征戰事。

2　三春：春季的三個月。青冢：漢王昭君墓。在今內蒙古呼和浩特之南。黑山：在今內蒙古。

顧　況

顧況（726？—806？），字逋翁，蘇州（今屬江蘇）人。至德二載進士，貞元中任校書郎，轉著作郎，以嘲諷權貴，貶爲饒州司戶參軍。晚年隱居於潤州延陵茅山，自署“華陽山人”。能詩能畫，善畫山水，詩則平易流暢，多反映時弊。語言不避俚俗，時雜口語，實開新樂府之先河。

宮　詞

玉樓天半起笙歌，風送宮嬪笑語和。[1]
月殿影開聞夜漏，[2] 水晶簾捲近秋河。

【注釋】

1　宮嬪：宮女。
2　聞夜漏：夜聽滴漏之聲。喩夜深。

李 益

夜上受降城聞笛[1]

回樂峰前沙似雪，[2] 受降城外月如霜。
不知何處吹蘆管，[3] 一夜征人盡望鄉。

【注釋】
1 受降城：唐有三受降城，俱在今內蒙境內。
2 回樂峰：在今寧夏靈武西南。
3 蘆管：笛子。

劉 禹 錫

烏 衣 巷[1]

朱雀橋邊野草花，[2] 烏衣巷口夕陽斜。
舊時王謝堂前燕，[3] 飛入尋常百姓家。

【注釋】

　　1　烏衣巷：址在今南京南城，與朱雀橋相近。三國時
為吳國軍營，士兵著黑衣，稱烏衣營；晉時為王導、謝安等
豪門世族居處。

　　2　朱雀橋：在朱雀門外秦淮河上。今南京城外。花：
此為開花之意。作動詞。

　　3　王謝：東晉時左右朝廷的兩姓豪門望族。

春 詞

新妝宜面下朱樓，[1] 深鎖春光一院愁。
行到中庭數花朵，蜻蜓飛上玉搔頭。[2]

【注釋】

1　宜面：指均勻地化妝。
2　玉搔頭：玉簪。可用來搔頭，故稱。

白居易

宮　詞

涙盡羅巾夢不成，[1] 夜深前殿按歌聲。

紅顏未老恩先斷，　斜倚薰籠坐到明。[2]

【注釋】

1　涙盡：猶涙濕，濕透。

2　恩：指皇帝的寵幸。薰籠：薰香的竹籠，覆香爐上。

張　祜

贈内人[1]

禁門宮樹月痕過，[2] 媚眼唯看宿鷺窠。
斜拔玉釵燈影畔，別開紅燄救飛蛾。[3]

【注釋】

1　內人：大內（皇宮）中人。指宮女。
2　禁門：宮門。
3　紅燄：指燭火。

集靈台[1]（二首）

日光斜照集靈台，紅樹花迎曉露開。
昨夜上皇新授籙，太真含笑入簾來。[2]

【注釋】

1　集靈台：在華清宮長生殿側。
2　上皇：指唐玄宗。籙：道籙，道教的秘密文書。太
真：玄宗寵妃楊玉環。爲女道士時號太真。

其　二

虢國夫人承主恩，平明騎馬入宮門。[1]
卻嫌脂粉污顏色，淡掃蛾眉朝至尊。[2]

【注釋】

1　虢國夫人：楊貴妃姐的封號。
2　淡掃蛾眉：《太眞外傳》稱：虢國不施脂粉，自衒美艷，常素面朝天。

題金陵渡[1]

金陵津渡小山樓，[2] 一宿行人自可愁。
潮落夜江斜月裡，兩三星火是瓜州。[3]

【注釋】

1　金陵渡：潤州（今鎮江）的過江渡口，在長江南岸。
2　小山樓：詩人寄宿處。
3　瓜州：在金陵渡對岸，今揚州南。

朱慶餘

朱慶餘（？—？），名可久，以字行，越州（今浙江紹
興）人。穆宗長慶中，以張籍讚賞得名。敬宗寶曆二年進士
及第。詩多五律，以刻畫景物見長。七言律絕亦含蓄有味。

宮中詞

寂寂花時閉院門，美人相並立瓊軒。[1]
含情欲說宮中事，鸚鵡前頭不敢言。

【注釋】

1　瓊軒：對迴廊的美稱。

近試上張水部[1]

洞房昨夜停紅燭，待曉堂前拜舅姑。[2]
妝罷低聲問夫婿，畫眉深淺入時無？[3]

【注釋】

1　近試：臨近進士考試的試期。張水部：張籍。曾任
水部郎中。此詩借閨房情事探問主考官對自己文章的印象。
2　舅姑：公婆。
3　夫婿：指丈夫。畫眉：描飾眉毛。

杜　牧

將赴吳興登樂遊原[1]

清時有味是無能，[2] 閒愛孤雲靜愛僧。

欲把一麾江海去，樂遊原上望昭陵。[3]

【注釋】

　　1　吳興：今屬浙江。唐時設吳興郡，後改稱湖州。樂
遊原：在長安城南，地勢高敞，唐時爲登覽勝地。

　　2　清時：清平盛世。

　　3　一麾：典出"一麾出守"，此指赴湖州刺史任。昭
陵：唐太宗陵墓。在今陝西醴泉。

赤　壁[1]

折戟沉沙鐵未銷，自將磨洗認前朝。[2]

東風不與周郎便，銅雀春深鎖二喬。[3]

【注釋】

　　1　赤壁：在今湖北蒲圻西北長江南岸。相傳爲三國時

吳蜀聯軍火燒魏軍處。

　　2　折戟沉沙：斷戟沒入沙中。將：拿起。

　　3　東風：指吳蜀聯軍借東風火攻曹操事。周郎：吳軍統帥周瑜。銅雀：台名，魏曹操所建。頂上飾有大銅雀。二喬：喬玄兩女。大歸孫策，小嫁周瑜。

泊　秦　淮[1]

煙籠寒水月籠沙，夜泊秦淮近酒家。
商女不知亡國恨，隔江猶唱後庭花。[2]

【注釋】

　　1　秦淮：秦淮河。源出溧水，流經今南京入長江。

　　2　商女：賣唱的歌女。後庭花：即《玉樹後庭花》，陳後主所作曲名。後以為亡國之音。

寄揚州韓綽判官[1]

青山隱隱水迢迢，[2] 秋盡江南草木凋。
二十四橋明月夜，玉人何處教吹簫。[3]

【注釋】

　　1　揚州：今屬江蘇。唐時為淮南節度使駐地，韓綽：生平未詳。判官：節度使下的屬官。杜牧曾任淮南節度使掌書記，韓綽與詩人當作過同僚。

　　2　迢迢：遙遠。

　　3　二十四橋，即吳家磚橋，又名紅藥橋。一說揚州有二十四座橋。玉人：美人。古有廿四美人在紅藥橋吹簫事。

遣　懷

落魄江湖載酒行，楚腰纖細掌中輕。[1]
十年一覺揚州夢，贏得青樓薄幸名。[2]

【注釋】
　　1　落魄：潦倒。楚腰：楚靈王好細腰之人。此喻女子。
　　2　青樓：歌館妓院。

秋　夕[1]

銀燭秋光冷畫屏，輕羅小扇撲流螢。[2]
天街夜色涼如水，臥看牽牛織女星。[3]

【注釋】
　　1　秋夕：一題作《七夕》，詩咏七夕事。
　　2　銀燭：言燭光色白，有寒意。輕羅：輕薄的羅紗。
絲織物。流螢：飛動的螢火蟲。
　　3　天街：宮中道路。牽牛織女星：兩星座名，各在銀
河東西。民間傳說將二星擬人化，言夫妻二人在七夕之夜始
得度鵲橋相會。

贈　別 （二首）

娉娉裊裊十三餘，豆蔻梢頭二月初。[1]
春風十里揚州路，捲上珠簾總不如。

【注釋】

　　1　娉娉裊裊：嬌好柔美的樣子。十三餘：十三四歲。
豆蔻：草名，春末開花。此喻妙齡少女。二月初：豆蔻花含
苞待放之時。

其　二

多情卻似總無情，惟覺樽前笑不成。[1]
蠟燭有心還惜別，替人垂淚到天明。

【注釋】

　　1　樽：酒杯。

金　谷　園[1]

繁華事散逐香塵，流水無情草自春。
日暮東風怨啼鳥，落花猶似墜樓人。[2]

【注釋】

1　金谷園：西晉石崇建於洛陽金谷澗中的別業。故址在今河南洛陽東北。

2　墜樓人：指綠珠。晉崇愛妾。孫秀索綠珠不得，矯詔收崇。崇正宴於樓上，謂綠珠曰：“我今為爾得罪。”綠珠泣曰：“當效死於官前。”遂自投樓下而死。

李 商 隱

夜雨寄北

君問歸期未有期，巴山夜雨漲秋池。¹

何當共剪西窗燭，卻話巴山夜雨時。²

【注釋】

1　巴山：在今四川，綿亘數百里，東接三峽。

2　共剪西窗燭：在西窗下共剪燭芯。卻話：回頭說起。

寄令狐郎中¹

嵩雲秦樹久離居，雙鯉迢迢一紙書。²

休問梁園舊賓客，茂陵秋雨病相如。³

【注釋】

1　令狐郎中：令狐楚之子令狐綯。曾任右司郎中。

2　嵩：嵩山。在今河南登封。秦：秦川。指今陝西渭水平原。古爲秦地。雙鯉：指書信。魚書典出漢樂府。《飲馬長城窟行》：“客從遠方來，遺我雙鯉魚。呼兒烹鯉魚，中有尺素書。”

3　梁園：西漢文帝第二子劉武所建園林。故址在今河南商丘。舊賓客：指司馬相如。他曾在梁園做過門客。茂陵：漢武帝陵，在今陝西興平。司馬相如晚年家居茂陵。

爲　有

爲有雲屏無限嬌，鳳城寒盡怕春宵。[1]
無端嫁得金龜婿，辜負香衾事早朝。[2]

【注釋】

1　雲屏：飾以雲母的屏風。鳳城：指京城。
2　衾：被子。

隋　宮[1]

乘輿南遊不戒嚴，九重誰省諫書函？[2]
春風舉國裁宮錦，半作障泥半作帆。[3]

【注釋】

1　隋宮：指隋煬帝在江都（今江蘇揚州）所建行宮。
2　九重：相傳天有九重。此喻皇宮。諫書函：函封的諫書。大業十二年（616），隋煬帝三下江都，奉信郎崔民象上書諫阻，被煬帝割去兩頰後斬殺。
3　障泥：馬鞍兩側遮擋泥土的飾物。

瑤　池[1]

瑤池阿母綺窗開，黃竹歌聲動地哀。
八駿日行三萬里，穆王何事不重來？[2]

【注釋】

　　1　瑤池：傳說在崑崙山，為西王母所居之地。據《穆天子傳》稱：周穆王曾到瑤池與西王母歡飲。別時王母作歌，希望周穆王能再來，周穆王答歌，約定三年後重來。

　　2　八駿：穆王有赤驥、驊騮、騄耳等八匹駿馬。穆王：周天子。乘八駿周遊天下。

嫦　娥[1]

雲母屏風燭影深，長河漸落曉星沉。[2]
嫦娥應悔偷靈藥，碧海青天夜夜心。[3]

【注釋】

　　1　嫦娥：神話傳說中的月宮仙女。因偷吃了丈夫後羿從西王母那裡求來的不死之藥，故升入月宮。

　　2　深：暗。長河：指銀河。

　　3　夜夜心：謂夜夜都在歎恨，不能成眠。

賈 生[1]

宣室求賢訪逐臣，賈生才調更無倫。[2]
可憐夜半虛前席，不問蒼生問鬼神。[3]

【注釋】

1　賈生：即賈誼，西漢初期政治家。曾提出過不少鞏固疆土、加強中央集權的政治主張。後被貶爲長沙王太傅。

2　宣室：漢未央宮前殿的正室。逐臣：被貶之臣。賈誼被貶後，漢文帝曾將他召還，問事於宣室。才調：才華氣格。

3　可憐：可惜，可歎。蒼生：百姓。問鬼神：事見《史記·屈原賈生列傳》。文帝接見賈誼，“問鬼神之本。賈生因具道所以然之狀。至夜半，文帝前席。”

溫庭筠

瑤瑟怨

冰簟銀牀夢不成,[1] 碧天如水夜雲輕。

雁聲遠過瀟湘去,[2] 十二樓中月自明。

【注釋】

1　冰簟：清涼的竹蓆。

2　瀟湘：二水名,在今湖南境。此代指楚地。

鄭 畋

鄭畋（約823—約885），字台文，滎陽（今屬河南）人。會昌登進士第，初爲宣武推官，以書判拔萃，授渭南尉，入爲翰林學士，遷中書舍人。僖宗時以兵部侍郎進同平章事，因事罷爲太子賓客。黃巢起義，時爲鳳翔節度使，先諸軍破義軍，後召行在，拜司空、門下侍郎、平章事。及僖宗復國，授太子太保，罷政事。今存詩十六首，多七言絕句，音調流利，而意氣不揚。

馬 嵬 坡[1]

玄宗回馬楊妃死，雲雨難忘日月新。[2]
終是聖明天子事，景陽宮井又何人？[3]

【注釋】

1 馬嵬坡：即馬嵬驛。在今陝西興平縣西。爲楊貴妃縊死處。安史亂起，唐玄宗西逃。途經馬嵬時將士譁變，楊國忠被誅，楊貴妃也勢在不保，玄宗被迫同意讓她自盡。

2 回馬：指唐玄宗由蜀地返回長安。雲雨：指男女之事。典出宋玉《高唐賦》。

3 景陽宮井：故址在今江蘇南京玄武湖邊。此咏陳後主事。隋兵入城後，陳後主攜寵妃張麗華及孔貴嬪出景陽殿，入宮井中躲閉，終於井中被捉。

287

韓偓

韓偓（842—923），字致堯（一作致光），小字多郎，京兆萬年（今陝西西安）人。昭宗龍紀初進士及第，入河中節度使幕，召拜左拾遺，累遷左諫議大夫。以平宮廷政變有功，升翰林學士，遷中書舍人。隨駕至鳳翔，授兵部侍郎、翰林學士承旨。天復三年得罪朱溫，迭貶濮州司馬、榮懿尉、鄧州司馬。棄官南下，入閩依王審知，定居南安。十歲能詩，雛鳳清聲，為李商隱所讚賞。詩或寫宮庭生活，或寫山水景色，類皆常有盛衰之感。所傳《香奩集》多寫閨情，綺麗側艷，有宮體遺風。

已 涼

碧欄干外繡簾垂，猩色屏風畫折枝。[1]
八尺龍鬚方錦褥，[2] 已涼天氣未寒時。

【注釋】

1　猩色：暗紅的顏色。折枝：只繪單枝不及全株的花卉畫。

2　龍鬚：燈芯草。莖可織蓆。

韋　莊

金　陵　圖[1]

江雨霏霏江草齊，六朝如夢鳥空啼。[2]
無情最是台城柳，[3] 依舊煙籠十里堤。

【注釋】
　　1　金陵：即今江蘇南京。曾是吳、東晉及南朝四代的國都。
　　2　六朝：指吳、東晉、宋、齊、梁、陳六代。
　　3　台城：故址在今南京玄武湖側。原爲吳國後苑城，晉時建新宮於此，南朝時爲宮殿台省所在地。

陳　陶

陳陶（約 812—885?），字嵩伯，嶺南（今兩廣一帶）人。或作鄱陽（今江西波陽）人。舉進士不第，恣遊名山，自稱"三教布衣"。宣宗大中年間，曾遊學長安，後避亂隱居洪州西山，求仙學道，不知所終。詩多行旅紀遊之作，寫景狀物之中，時雜仙心；唯寫邊塞之詩，風骨猶存，而意氣消沉。

隴 西 行[1]

誓掃匈奴不顧身，五千貂錦喪胡塵。[2]
可憐無定河邊骨，猶是春閨夢裡人。[3]

【注釋】

1　隴西行：樂府舊題，屬《相和歌·瑟調曲》。隴西，隴山以西。今甘肅、寧夏一帶。

2　匈奴：喩當時入侵邊地的部族。貂錦：指戰袍。此代軍士。

3　無定河：在今陝西延安一帶。深閨：指思婦，喪生將士之妻。

張　泌

張泌（？—？），名一作“佖”，字子澄，淮南（今江蘇揚州）人。仕南唐為句容尉，後主召為監察御史，歷考功員外郎，進中書舍人，改內史舍人。隨後主降宋，入史館，為郎中。善為詩，多寫旅思離情，淒苦冷寂，詩境近似詞境，讀來別是一種滋味。

寄　人

別夢依依到謝家，[1] 小廊迴合曲欄斜。

多情只有春庭月，猶為離人照落花。

【注釋】
1　謝家：所念伊人之家。

無名氏

無名氏，指不知其姓名字號的作者。但凡詩之作者無可考的，均歸之於"無名氏"。

雜　詩

近寒食雨草萋萋，著麥苗風柳映堤。[1]
等是有家歸未得，杜鵑休向耳邊啼。[2]

【注釋】

1　著：謂風吹入。

2　等是：同是，俱是。杜鵑：又名子規，啼聲近"不如歸去"。

樂 府

王 維

渭 城 曲[1]

渭城朝雨浥輕塵，客舍青青柳色新。[2]
勸君更盡一杯酒，西出陽關無故人。[3]

【注釋】

　　1　渭城曲：譜入樂府《近代曲辭》。渭城，故址在今陝西咸陽之東，渭河北岸。

　　2　浥：浸潤。客舍：驛站，旅館。柳色：柳之綠色。柳與"留"諧音，寓惜別。

　　3　陽關：在今甘肅敦煌西南一百三十里。

秋 夜 曲[1]

桂魄初生秋露微，輕羅已薄未更衣。[2]

銀箏夜久慇懃弄，心怯空房不忍歸。

【注釋】

1　秋夜曲：屬樂府《雜曲歌辭》。

2　桂魄：指月。舊傳月中有桂樹。輕羅：輕薄絲織品所製的衣服。

王 昌 齡

長 信 怨[1]

奉帚平明金殿開，暫將團扇共徘徊。[2]
玉顏不及寒鴉色，猶帶昭陽日影來。[3]

【注釋】

1　長信怨：屬樂府《相和歌·楚調曲》。長信，漢宮殿
名，爲皇太后所居。漢成帝嬪妃班婕妤見趙飛燕姐妹承寵弄
權，主動請求到長信宮侍奉太后，並作歌自傷。

2　金殿：指長信宮。團扇：化用班婕妤詩意。舊說班
婕妤曾作《怨歌行》，借團扇寄託哀怨，歌中曰：“常恐秋節
至，涼飆奪炎熱。棄捐篋笥中，恩情中道絕。”

3　昭陽：漢宮殿名。趙飛燕所居。日影：喻皇帝恩澤。

出 塞[1]

秦時明月漢時關，萬里長征人未還。
但使龍城飛將在，不教胡馬度陰山。[2]

【注釋】

1 出塞：樂府舊題，屬《橫吹曲》。

2 但使：若使。龍城：匈奴祭天處。址近蒙古國鄂爾渾河。飛將：指漢名將李廣。匈奴人稱他“飛將軍”。陰山：在今內蒙古中部。

李 白

清 平 調[1]（三首）

雲想衣裳花想容，春風拂檻露華濃。[2]
若非羣玉山頭見，會向瑤台月下逢。[3]

【注釋】

1　清平調：唐大曲名。
2　檻：指長廊旁的欄杆。華：花。
3　羣玉山：神話中西王母所居的仙山。瑤台：傳說在崑崙山，是西王母之宮。

其　二

一枝穠艷露凝香，雲雨巫山枉斷腸。[1]
借問漢宮誰得似，可憐飛燕倚新妝。[2]

【注釋】

1　雲雨巫山：指楚王與巫山神女歡會事，典出宋玉《高唐賦》。
2　飛燕：漢成帝寵妃趙飛燕。此以喻花。

其　三

名花傾國兩相歡，[1]常得君王帶笑看。

解釋春風無限恨，沉香亭北倚闌干。[2]

【注釋】

　　1　傾國：喻美色驚人。典出漢李延年《佳人歌》："一顧傾人城，再顧傾人國。"

　　2　沉香：亭名，沉香所築，近興慶宮龍池。

王 之 渙

出 塞[1]

黃河遠上白雲間，一片孤城萬仞山。[2]
羌笛何須怨楊柳，春風不度玉門關。[3]

【注釋】

1 出塞：樂府舊題，屬《橫吹曲》。

2 孤城：指玉門關。萬仞：極言其高。一仞爲八尺。

3 羌笛：原出古羌族的管樂器。楊柳：即古笛曲《折楊柳》。玉門關：址近今甘肅敦煌。古爲通西域要道。

杜 秋 娘

　　杜秋娘（？—？），即杜秋，金陵（今江蘇南京）女子。善歌《金縷衣》曲。初爲鎮海節度使李錡之妾，及錡叛唐被殺，沒籍入宮，爲憲宗所寵。穆宗立，爲皇子漳王保姆。皇子被廢，遣歸金陵。杜牧過金陵，感其老且窮，爲作《杜秋娘詩》。

金 縷 衣[1]

勸君莫惜金縷衣，勸君惜取少年時。
花開堪折直須折，[2]莫待無花空折枝。

【注釋】

　　1　金縷衣：曲調名　屬樂府《近代曲辭》。字面指金線所織之衣，極言其華貴。
　　2　堪：可。直須：徑須，不必猶豫。

《三聯文庫》　出　　版　　後　　記

　　香港三聯書店植根香港，本"竭誠為讀者服務"之傳統，傳播中華文化，介紹當代中國，反映香港歷史變遷，歷年出書品種累以千計。蒙諸多作者鼎力襄助，所出圖書不乏常讀常新之作。惟時有疏於重印，加之成本日昂，致使不少好書坊間難覓。值本店成立五十週年，從歷年出版書籍中遴選部分，並增編部分經典作品，以便攜開本集為《三聯文庫》，陸續重版，以饗讀者。切盼各界不吝指正。

三聯書店（香港）有限公司
編輯部
一九九八年六月